SKLAVEN DER LIEBE UND ANDERE NOVELLEN

KNUT HAMSUN

Sklaven der Liebe

Geschrieben von mir, geschrieben heute, um mein Herz zu erleichtern. Ich habe meine Stellung im Café verloren und meine frohen Tage.

Ein junger Herr in grauem Anzug kam Abend für Abend mit zwei Freunden und setzte sich an einen meiner Tische. Es kamen so viele Herren und alle hatten ein freundliches Wort für mich, nur er nicht. Er war groß und schlank, hatte weiches, schwarzes Haar und blaue Augen, mit denen er mich zuweilen streifte, und einen Anflug von Bart auf der Oberlippe.

Nun, er mochte anfangs wohl etwas gegen mich haben. Er kam eine ganze Woche hindurch ununterbrochen. Ich hatte mich an ihn gewöhnt und vermißte ihn, als er eines Abends ausblieb. Ich ging durch das ganze Café und sah mich nach ihm um; endlich fand ich ihn an einer der großen Säulen am anderen Ende; er saß mit einer Dame vom Cirkus zusammen. Sie trug ein gelbes Kleid und lange Handschuhe, die bis über die Ellenbogen reichten. Sie war jung und hatte schöne, dunkle Augen, und meine Augen waren blau.

Ich blieb einen Augenblick bei ihnen stehen und hörte zu, wovon sie sprachen: sie machte ihm Vorwürfe, sie war seiner überdrüssig und hieß ihn gehen. Ich dachte in meinem Herzen: Heilige Jungfrau, warum geht er nicht zu mir?

Am nächsten Abend kam er mit seinen beiden Freunden und nahm wieder an meinem Tisch Platz. Ich ging nicht heran, wie ich sonst wohl that, sondern stellte mich, als hätte ich sie nicht bemerkt. Als er mir winkte, trat ich an den Tisch und sagte: »Sie waren gestern nicht hier.«

»Wie wundervoll unsere Kellnerin gewachsen ist,« sagte er zu seinen Kameraden.

»Bier?« fragte ich.

»Ja,« antwortete er. Und im Geschwindschritt holte ich drei Seidel.

Ein paar Tage vergingen.

Er gab mir eine Karte und sagte: »Bringen Sie die hinüber zu ...«

Ich nahm die Karte, ehe er ausgesprochen hatte und brachte sie der gelben Dame. Unterwegs las ich seinen Namen: Wladimierz F.

Als ich zurückkam, sah er mich fragend an.

»Ja, ich habe sie hingebracht,« sagte ich.

»Und Sie haben keine Antwort erhalten?«

»Nein.«

Er gab mir eine Mark und sagte lächelnd:

»Keine Antwort ist auch eine Antwort.«

Den ganzen Abend blieb er sitzen und starrte zu der Dame und ihren Begleitern hinüber. Um elf Uhr stand er auf und ging an ihren Tisch. Sie empfing ihn kühl, ihre beiden Herren aber ließen sich näher mit ihm ein und schienen ihn zu foppen. Er blieb einige Minuten, und als er wiederkam, sagte ich ihm, daß in die eine Tasche seines Sommerüberziehers Bier gegossen sei. Er zog ihn aus, wandte sich hastig um und sah einen Augenblick nach dem Tisch der Cirkusdame hinüber. Ich trocknete ihm den Überzieher ab und er sagte lächelnd zu mir: »Danke, Sklavin!«

Als er ihn wieder anzog, half ich ihm und strich ihm heimlich über den Rücken.

Er setzte sich, zerstreut. Einer seiner Freunde bestellte noch Bier, ich nahm das Seidel und wollte auch F.s Seidel nehmen. Er sagte aber: »Nein« und legte seine Hand auf die meinige. Bei dieser Berührung sank mein Arm plötzlich herab, er merkte es und zog seine Hand sofort zurück.

Am Abend betete ich zweimal vor meinem Bett auf den Knieen für ihn. Und ich küßte ganz glücklich meine rechte Hand, die er berührt hatte.

Einmal schenkte er mir Blumen, eine Menge Blumen. Er kaufte sie bei dem Blumenmädchen, als er hereinkam; sie waren frisch und rot und fast ihr ganzer Vorrat. Er ließ sie bei sich auf dem Tisch liegen. Keiner seiner Freunde war mit da. Ich stand, so oft ich Zeit hatte, hinter einer Säule und starrte ihn an, und ich dachte bei mir: Wladimierz F. heißt er.

Es mochte vielleicht eine Stunde vergangen sein. Er sah fortwährend nach der Uhr. Ich fragte ihn:

»Erwarten Sie jemand?«

Er sah mich wie geistesabwesend an und sagte plötzlich:

»Nein, ich erwarte niemand. Was fragen Sie?«

»Ich meinte nur, ob Sie vielleicht jemand erwarteten.«

»Kommen Sie her,« erwiderte er. »Das ist für Sie.«

Und er gab mir die Blumen.

Ich dankte ihm, aber ich konnte nicht gleich ein Wort hervorbringen, ich flüsterte nur. Eine blutrote Freude überkam mich; atemlos stand ich vor dem Buffet, wo ich etwas holen sollte.

»Was wünschen Sie?« fragte die Mamsell.

»Ja, was glauben Sie?« fragte ich. Ich wußte es selbst nicht.

»Was ich glaube?« sagte die Mamsell. »Sind Sie verrückt?«

»Raten Sie einmal, von wem ich diese Blumen bekommen habe.«

Der Oberkellner ging vorüber. »Sie vergessen das Bier für den Herrn mit dem Stelzfuß,« hörte ich ihn sagen.

»Ich habe sie von Wladimierz bekommen,« sagte ich und eilte mit dem Bier davon.

F. war noch nicht gegangen. Ich dankte ihm abermals, als er sich erhob, um zu gehen. Er stutzte und sagte:

»Ich kaufte sie eigentlich für eine andere.«

Nun ja. Er hatte sie vielleicht für eine andere gekauft. Aber ich bekam sie. Ich bekam sie, nicht die, für die er sie gekauft hatte. Und so durfte ich ihm auch dafür danken. Gute Nacht, Wladimierz.

Am Morgen darauf regnete es.

»Soll ich heute mein schwarzes oder mein grünes Kleid anziehen?« dachte ich. »Das grüne, denn das ist das neueste; das ziehe ich also an.« Ich war sehr heiter.

Als ich an die Haltestelle kam, stand eine Dame im Regen und wartete auf die Pferdebahn. Sie hatte keinen Schirm. Ich bot ihr an, mit unter meinem zu stehen, aber sie lehnte es dankend ab. Da spannte ich meinen Regenschirm auch herunter, während ich wartete. Dann wird die Dame doch nicht allein naß, dachte ich bei mir.

Am Abend kam Wladimierz ins Café.

»Ich danke Ihnen für die Blumen,« sagte ich stolz.

»Welche Blumen?« fragte er. »Ach so: schweigen Sie doch von den Blumen.«

»Ich wollte mich dafür bedanken,« sagte ich.

Er zuckte die Achseln und entgegnete:

»Sie liebe ich nicht, Sklavin!«

Er liebte mich nicht, nein. Ich hatte es auch nicht erwartet und war nicht enttäuscht. Aber ich sah ihn jeden Abend; er setzte sich an meinen Tisch und ich brachte ihm Bier. Auf Wiedersehen, Wladimierz!

Am nächsten Abend kam er sehr spät. Er fragte:

»Haben Sie viel Geld, Sklavin?«

»Nein, leider nicht«, antwortete ich. »Ich bin ein armes Mädchen.«

Da sah er mich an und sagte lächelnd:

»Sie mißverstehen mich. Ich brauche bis morgen etwas Geld.«

»Ich habe etwas Geld,« entgegnete ich. »Ich habe viel Geld, ich habe hundertunddreißig Mark zu Hause.«

»Zu Hause? Nicht hier?«

Ich antwortete: »Warten Sie eine Viertelstunde und kommen Sie mit mir, wenn wir schließen.«

Er wartete die Viertelstunde und ging mit mir.

»Nur hundert Mark,« sagte er. Er hielt sich die ganze Zeit an meiner Seite und ließ mich weder voran noch hinterdrein gehen.

»Ich habe nur eine kleine Kammer,« sagte ich, als wir an meiner Hausthür stehen blieben.

»Ich gehe nicht mit hinauf,« erwiderte er. »Ich warte hier.«

Er wartete.

Als ich wieder herunterkam, zählte er das Geld und sagte:

»Das sind mehr als hundert Mark. Ich gebe Ihnen zehn Mark als Trinkgeld. Ja, ja, hören Sie, ich will Ihnen zehn Mark als Trinkgeld geben.«

Und er reichte mir das Geld, wünschte Gute Nacht und ging. An der Ecke sah ich ihn stehen bleiben und der alten, lahmen Bettlerin eine Mark geben.

Er bedauerte am nächsten Abend, daß er mir das Geld nicht zurückzahlen könne. Ich dankte ihm dafür, daß er es nicht konnte. Er gestand offen, daß er es durchgebracht habe.

»Was soll man dazu sagen, Sklavin,« sagte er lächelnd. »Sie wissen: die gelbe Dame!«

»Weshalb nennst du unsere Kellnerin Sklavin?« sagte einer seiner Freunde. »Du bist ja mehr Sklave als sie.«

»Bier?« fragte ich und unterbrach sie.

Bald darauf trat die gelbe Dame ein. F. erhob und verbeugte sich. Sie ging an ihm vorüber und setzte sich an einen leeren Tisch, lehnte aber zwei Stühle umgekehrt dagegen. F. ging sofort zu ihr hin, nahm den einen Stuhl und setzte sich. Nach zwei Minuten erhob er sich wieder und sagte sehr laut: »Gut, ich gehe. Und ich kehre nie wieder zurück.«

»Danke,« entgegnete sie.

Ich fühlte vor lauter Freude kaum meine Füße, lief ans Büffett und sagte etwas. Ich erzählte wohl, daß er nie wieder zu ihr zurückkehren werde. Der Oberkellner ging vorüber; er erteilte mir einen scharfen Verweis, aber ich machte mir nichts daraus.

Als das Lokal um elf Uhr geschlossen wurde, begleitete mich F. bis an meine Hausthür.

»Fünf von den zehn Mark, die ich Ihnen gestern gab,« sagte er.

Ich wollte ihm alle zehn geben und er nahm sie an, gab mir aber trotz meines Sträubens fünf als Trinkgeld zurück.

»Ich bin heute abend so vergnügt,« sagte ich. »Wenn ich Sie bitten dürfte, mit hinauf zu kommen! ... Aber ich habe nur eine kleine Kammer.«

»Ich gehe nicht mit hinauf,« erwiderte er. »Gute Nacht!«

Er ging. Er kam wieder an der alten Bettlerin vorüber, vergaß aber, ihr etwas zu geben, obwohl sie ihm einen Knix machte. Ich lief zu ihr hin, gab ihr einige Groschen und sagte: »Das ist von dem Herrn, der eben vorüber ging, von dem Herrn im grauen Anzug.«

»Von dem Herrn im grauen Anzug?« fragte die Frau.

»Von dem mit dem schwarzen Haar, Wladimierz.«

»Sind Sie seine Frau?«

Ich antwortete: »Nein. Ich bin seine Sklavin.«

Er beklagte sich dann mehrere Abende hintereinander, daß er mir mein Geld nicht zurückgeben könne. Ich bat ihn, mir nicht so weh zu thun. Er sagte es so laut, daß alle es hören konnten, und mehrere lachten deshalb über ihn.

»Ich bin ein Schurke und ein Spitzbube,« sagte er. »Ich habe Geld von Ihnen geliehen und kann es Ihnen nicht zurückgeben. Ich ließe mir die rechte Hand für einen Fünfzigmarkschein abhauen.«

Es schmerzte mich, ihn so reden zu hören, und ich dachte darüber nach, wie ich ihm wohl Geld verschaffen könnte. Aber ich konnte es nicht.

Er sagte ferner zu mir: »Wenn Sie mich übrigens fragen, wie es mir geht, so ... Die gelbe Dame und der Cirkus sind abgereist. Ich habe sie vergessen. Ich denke gar nicht mehr an sie.«

»Und doch hast Du ihr heute noch einen Brief geschrieben,« sagte einer seiner Freunde.

»Das war der letzte,« entgegnete Wladimierz.

Ich kaufte eine Rose von dem Blumenmädchen und steckte sie ihm in das Knopfloch an der linken Seite. Ich fühlte seinen Atem auf meinen Händen, während ich es that, und es war mir fast unmöglich, die Stecknadel zu befestigen.

»Danke!« sagte er.

Ich forderte mir drei Mark, die ich noch an der Kasse gut hatte, und gab sie ihm. Das war eine Kleinigkeit.

»Danke!« sagte er abermals.

Ich war den ganzen Abend glücklich, bis Wladimierz plötzlich sagte:

»Für die drei Mark reise ich auf eine Woche fort. Wenn ich zurückkomme, sollen Sie Ihr Geld wieder haben.« Als er meine Bewegung sah, fügte er hinzu: »Sie allein liebe ich!« Und er ergriff meine Hand.

Ich war ganz bestürzt, daß er fortreisen und nicht sagen wollte, wohin, obgleich ich ihn fragte. Alles, das ganze Café und die vielen Gäste, tanzte um mich herum; ich konnte es nicht länger aushalten und ergriff flehend seine beiden Hände.

»In einer Woche kehre ich zu Ihnen zurück,« sagte er und erhob sich.

Ich hörte den Oberkellner zu mir sagen: »Sie verlassen uns also in vierzehn Tagen!«

Meinetwegen, dachte ich bei mir; was macht das? In einer Woche ist Wladimierz wieder bei mir! Und ich wollte ihm dafür danken, ich wandte mich um, er war schon gegangen.

Eine Woche später fand ich, als ich nach Haus kam, einen Brief von ihm. Er schrieb so trostlos, er erzählte, er sei der gelben Dame nachgereist, er könne mir nie mein Geld zurückbezahlen, niemals, er sei ganz gebrochen durch die Not. Dann schalt er sich wieder eine niederträchtige Seele und unter den Brief hatte er geschrieben: »Der Sklave der gelben Dame.«

Ich trauerte Tag und Nacht und konnte nichts weiter thun. Eine Woche später verlor ich meine Stellung und mußte mich nach einer neuen umsehen. Am Tage stellte ich mich in anderen Cafés und Hotels vor; ich schellte auch bei Privatpersonen und bot ihnen meine Dienste an. Es glückte mir aber nicht. Spät am Abend kaufte ich dann ganz billig alle Zeitungen und las die Annoncen sorgfältig, wenn ich nach Haus kam. Ich dachte: vielleicht kann ich Wladimierz und mich retten …

Gestern abend fand ich seinen Namen in einem Blatt und las von ihm. Ich ging gleich darauf aus, durch viele Straßen, und kam erst heute morgens zurück. Vielleicht habe ich irgendwo geschlafen oder auch auf einer Treppe gesessen, ohne weiter gehen zu können; aber das weiß ich jetzt nicht.

Ich habe es heute wieder gelesen; aber gestern abends, als ich nach Haus kam, habe ich es zuerst gelesen. Ich rang die Hände; dann setzte ich mich auf einen Stuhl. Nach einer Weile setzte ich mich auf die Erde und lehnte mich gegen den Stuhl. Ich schlug mit den flachen Händen auf den Fußboden, während ich nachdachte. Vielleicht dachte ich gar nicht; aber es sauste mir so im Kopf und ich wußte nichts von mir selbst. Dann bin ich wohl aufgestanden und hinausgegangen. Unten an der Straßenecke, dessen entsinne ich mich, gab ich der alten Bettlerin einen Groschen und sagte: »Das ist von dem Herrn mit dem grauen Anzug. Sie wissen ja!«

»Sind Sie vielleicht seine Braut?« fragte sie.

Ich antwortete: »Nein, ich bin seine Witwe.«

Und ich trieb mich bis heute morgen auf der Straße herum. Und jetzt habe ich es nochmals gelesen. Wladimierz F. hieß er.

Der Sohn der Sonne

Über Nacht war der Schnee gekommen. Ein dichter, weißer Mantel lag über der Erde.

Er war mit der frohen Erinnerung erwacht, daß er gestern einen Brief erhalten hatte, eine überraschende, erlösende Nachricht, er fühlte sich jung und glücklich, und er fing an, ein wenig zu singen. Da geschah es, daß er ans Fenster trat, den Vorhang zurückzog und den Schnee sah. Sein Gesang verstummte plötzlich, ein trostloses Gefühl zog in seine Seele ein, und seine armen, schräg abfallenden Schultern zuckten.

Mit dem Winter kam eine böse Zeit für ihn, eine Qual wie keine andere, und die kein anderer verstand. Allein der Anblick des Schnees raunte ihm Tod, raunte ihm Vernichtung ins Ohr. Die langen Abende kamen mit ihrer Finsternis und ihrem dummen, sinnlosen Schweigen, er konnte nicht in seinem Atelier arbeiten, seine Seele fiel in Winterschlaf und blieb stumm. Während eines Sommers hatte er in einem kleinen Städtchen ein helles und großes Zimmer bewohnt, in dem die untersten Fensterscheiben geweißt waren. Dieser Anstrich von Kalk an den Fensterscheiben erinnerte ihn an Eis, und er konnte bei ihrem Anblick nicht Herr seiner Qual werden. Er wollte sich zwingen, er hielt sich mehrere Monate lang in dem Zimmer auf und sagte täglich zu sich selber, daß auch das Eis seine Schönheit für viele habe, daß Winter und Sommer beide Äußerungen derselben ewigen Idee seien und Gott angehörten, aber es half alles nichts, seine Arbeit konnte er nicht anrühren, und die tägliche Qual zehrte an ihm. Späterhin im Leben wohnte er in Paris. Wenn die Stadt ihre frohen Feste feierte, pflegte er auf die Boulevards hinauszugehen und das Spiel zu beobachten. Es konnte mitten im warmen Sommer sein, die Abende waren schwül, und über der Stadt schwebte der Blumenduft aus den großen Parks; die Straßen schimmerten im Schein des elektrischen Lichts, lächelnde und jubelnde Menschen wogten auf und nieder, riefen, sangen, warfen Confetti; alles war eitel Freude. Er konnte mit dem redlichen Vorsatz ausgehen, sich unter die Menge zu mischen und mit zu jubeln; aber schon nach einer halben Stunde hatte er eine Droschke genommen und war wieder heimgekehrt. Weshalb? Eine Erinnerung hatte aus der Ferne zu ihm geredet; in dem elektrischen Licht wirbelte die große Menge Confetti wie Schnee vor seinen Augen, und sein Vergnügen nahm ein jähes Ende.

Dies hatte sich Jahr für Jahr wiederholt.

Wo lag die Heimat seiner Seele? Vielleicht in einem Sonnenland, am Ufer des Ganges, wo die Lotosblume nimmer welkt!

Über Nacht war der Schnee gekommen. Er dachte daran, wie die Vögel im Walde frieren mußten, und wie hart die Wurzeln der Veilchen in der Erde litten, ehe sie abstarben. Und wovon sollte der Hase heute leben!

Er konnte nicht mehr ausgehen. Mehrere Monate lang würde er jetzt das Zimmer kaum verlassen, sondern nur zwischen seinen vier Wänden auf und nieder gehen und auf dem Stuhl sitzen und denken. Niemand verstand, wie er unter dieser Gefangenschaft litt. Er war jung genug, um am Leben teilzunehmen, es fehlte ihm auch nicht an Kräften dazu; aber durch eine Laune des Frostes, durch eine zufällige Witterungsveränderung sah er sich plötzlich darauf beschränkt, in seinem Zimmer zu sitzen und zu denken.

Seine Vorstellungen wechselten in auffallend kurzer Zeit. Im allgemeinen war es ihm eine Qual, Briefe zu beantworten, jetzt eilte er an seinen Arbeitstisch und schrieb eine Menge Briefe an alle möglichen Menschen, ja, sogar an fremde, denen er keine Antwort schuldig war, und er hatte dabei ein dunkles Gefühl, daß das Ende, die Vernichtung im Anmarsch wären, und daß er durch diese vielen Briefe nach Süden und nach Norden eine Zeitlang noch die Verbindung mit dem Leben aufrecht erhalten könne. Auch in anderer Hinsicht gingen Veränderungen mit ihm vor; sein Gemütsleben war gestört, er weinte oft still für sich, und sein Schlaf in der Nacht war nur ein Schlummer, den seltsame Träume beunruhigten.

Dieser Mann, der im Sommer den fröhlichsten Sinn hatte, konnte an kalten, dunklen Wintertagen von einer furchtbaren Niedergeschlagenheit überwältigt werden. Alle seine Übergänge waren jäh, heftig wie ein Unwetter, hin und wieder fiel er vor seinem jüngsten Kinde auf die Kniee und flehte unter heißen Thränen für dasselbe zu Gott. Sein Wunsch war, daß der Knabe niemals eine öffentliche Persönlichkeit werden möge, wie er selber. Bei allen öffentlichen Persönlichkeiten wurden die Quellen der Seele getrübt, sie wurden dadurch verdorben, daß man sie öffentlich besprach, daß das Publikum sie auf der Straße beachtete, und daß sie die Bemerkungen hörten, die Vorübergehende über sie machten. Wie wurde nicht ihr Blick, ihr Gang, ihre Haltung durch diese ewige Ausstellung verfälscht! Der Knabe sollte die Erde besäen und den Ertrag der Erde ernten. Es sollte ihm auch erspart bleiben, jemals fremde Erde zu betreten. Wie suchte man im fremden Lande vergebens mit seinen Wurzeln nach einem günstigen Boden, nach einem Heim! Man verstand nicht alle die Worte, die gesprochen wurden, nicht die Blicke, nicht das Lächeln. Der Himmel war ein anderer, die Sterne standen in umgekehrter Richtung und waren nicht wieder zu erkennen. Betrachtete man die Blumen, so hatten diese oft eine fremde Nuance; oft waren es auch nicht dieselben Vögel. Und auf den Stangen wehten nicht dieselben Flaggen.

Er selber fühlte instinktiv, daß er aus seinem Naturzusammenhang herausgerissen war, er hatte vielleicht einmal in einer fernen Vergangenheit einer fremden Welt in weiter Ferne angehört, so sollte denn der Sohn auf demselben Fleckchen Erde, das er während seines Daseins hier auf Erden bestellt und dessen Ertrag er geerntet hatte, leben und sterben.

-30° Celsius.

Er merkt mit Entsetzen, daß die Kälte zunimmt, und daß alles Leben auf dem Felde erstirbt. Sein Fenster liegt nach dem Walde hinaus, und nach dem breiten Wege, auf dem sich die Menschen von und zu der Stadt bewegen. Kein Blatt zittert mehr, die Tannennadeln sind wie Pfriemen, und es liegt Reif auf allen Bäumen. Eine arme, kleine Meise hat noch Kräfte genug, um die Flügel zu bewegen; da, wo sie geflogen ist, sieht man in der Luft einen dünnen Dampfstreif. Die Natur hat keinen Atemzug, sie ist ganz still und kalt, kein Wind bewegt die Luft, alles ist steif und weiß wie Talg.

Da ertönt Schellengeklingel unten auf dem Wege, ein Schlitten zieht vorüber, in dem Schlitten sitzen ein Herr und eine Dame. Über dem Pferd und den beiden Menschen lagert während der ganzen Zeit eine weiße Wolke, die sich fortwährend erneuert. Dieser Herr und diese Dame haben wohl niemals in ihrem Leben eine Weintraube wachsen sehen, vielleicht haben sie auch noch niemals eine gekostet. In ihren Mienen gewahrt man keine Unzufriedenheit mit dem Wetter, sie fahren dahin, um ihr kleines Anliegen in der Stadt zu erledigen, und sie rufen von Zeit zu Zeit dem Pferde zu, wenn sie meinen, daß es sich in dem wunderlichen Talg zu langsam bewegt. Ein Mensch aus dem Sonnenlande würde sich über diesen Aufzug totlachen. Ihre Augen sehen ganz offen undohne Verwunderung dies entsetzliche, kalte Rätsel an, das sie an allen Seiten umgiebt, und sie opfern ihm keinen Gedanken, weil sie selber Kinder des Schnees und im Schnee aufgewachsen sind.

Er sieht seine kleine Tochter draußen auf dem Hof vor den Fenstern spielen. Sie ist von oben bis unten in dicke, wollene Kleider gehüllt, nur unter den langen Strümpfen aus Ziegenhaaren liegen lederne Sohlen. Ihre Schritte knirschen schmerzlich im Schnee, wenn sie den Schlitten zieht. Bei diesem Anblick fangen seine Schultern an zu zucken, er schließt die Augen, als wäre er ermattet, seine wunderliche Qual treibt ihm den kalten Schweiß auf die Stirn.

Das Kind ruft zu ihm herauf, es wendet sein rotwangiges Antlitz unbefangen nach oben und klagt, daß der Strick an seinem Schlitten zerrissen ist. Er geht sogleich hinunter und knüpft den Strick wieder zusammen, und er hat keinen Hut auf und keine dicken Kleider an. »Friert dich nicht?« fragt das Kind. Ihn fror nicht, seine Hände waren warm, nur einen stechenden Schmerz verursachte die eisgesättigte Luft in seiner Kehle. Aber ihn fror nie.

Er bemerkt, daß die große, alte Birke vor der Hausthür ihr Aussehen verändert hat, ihr Stamm ist gerissen. Das hat die Kälte gethan! denkt er mit zitternder Seele.

In der Nacht schlug die Witterung um. Er saß aufrecht im Bett und wartete auf das milde Wetter, obwohl er wußte, daß der Winter wieder von neuem anfangen und noch eine ganze Zeit währen würde. Es war, als wenn eine Hoffnung in ihm entzündet werde.

Die Kälte nahm beständig ab, es fing schließlich an, von den Dächern zu tropfen, und draußen im Weltenraum brauste es wie von gewaltigem Wellenschlag. Er ging mit größeren und größeren Hoffnungen im Herzen einher, dies Brausen in der Luft durchströmte ihn wie Musik, es konnte der Frühling sein, der seine goldenen Trommeln rührte.

Eines Nachts hörte er ein klatschendes Geräusch gegen sein Fenster, er richtete sich auf und lauschte, es war der Regen! Eine wunderliche Freude durchrieselte ihn, er warf die Kleider über, eilte in sein Atelier und zündete alle Lampen an. Sein Heimweh nach dem Sommer schlug in hellen Flammen empor, alle seine gebundenen Kräfte lösten sich, und er stürzte sich noch in derselben Nacht über seine Arbeit. Gesichte und Stimmen aus warmen Gegenden strömten aus weiter Ferne her auf ihn ein und erfüllten ihn; da war eine Landschaft, die in einer seltsamen und schönen Klarheit der Vision vor seinen Augen lag, ein Märchenthal, und mitten in dem Thal stand D e r M e n s c h , die junge Herrlichkeit, die zum erstenmal den Blick über die Erde schweifen läßt.

Ein Gott, ein Sieger, der am Morgen des Lebens erblüht ist und sich selber in einer verzauberten Gegend stehen findet. Die Vegetation ist üppig, da sind überall Palmen und tropische Gewächse, Schlingpflanzen mit großen, roten Blüten, die wie Fleisch aussehen und zu atmen scheinen, Indigobäume, Reis- und Weinfelder. Unten im Thal weiden Tiere, der Mensch hat sie in seiner Nähe und hört, wie sie fressen; oben auf einem Felsen sitzt eine Schar zwitschernder Vögel, ihre Federn sind steif wie Schwerter, und ihre Augen gleichen kleinen, grünen Flammen. Ganz im Hintergrunde liegt wieder eine Palmenlandschaft, die sich in der Ferne verliert.

Über dieser Landschaft taucht gerade der erste feine Rand der Morgensonne aus dem Weltall auf und beleuchtet den Menschen vom Scheitel bis zur Sohle.

Er arbeitet, bis der Morgen graut. Dann schläft er eine Stunde und beginnt von neuem. Nichts könnte ihn zurückhalten, eine ungewöhnliche Kraft hält ihn aufrecht, reißt ihn fort. Während fünf aufeinander folgender Regentage macht er den Entwurf zu dem Bilde: D e r S o h n d e r S o n n e .

Ein kleiner, brünetter und ganz unansehnlicher Mann, ohne Bart und mit kahler, kalter Stirn. Er sitzt dort schweigend auf dem Stuhl und läßt die andern reden. Er hustet von Zeit zu Zeit und fährt verlegen mit der Hand nach dem Munde. Richtet man ein Wort an ihn, so zuckt er nervös zusammen und starrt den Sprecher eine Weile an, ehe er antwortet. Dort, wo er sich hinsetzt, bleibt er den ganzen Abend sitzen, sein Benehmen ist so unbeholfen, und sein ganzes Wesen so wenig hervortretend, daß sich niemand etwas daraus macht, sich mit ihm zu beschäftigen. Er sieht so aus, als sei er durch ein reines Versehen in diese Gesellschaft bekannter Männer geraten.

Einige Wochen später stellt derselbe Mann ein Bild aus. Und von demselben Tage an kennen ihn alle.

Ich habe diese Geschichte von einem Maler erfunden. Vielleicht mag er hier im Norden in den furchtbaren Wintern leben, und vielleicht mag er ein solches Bild gemalt haben, das D e r S o h n   d e r   S o n n e heißt.

Zachäus

I

Tiefster Friede ruht über der Prärie.

In meilenweitem Umkreis sind keine Bäume und Häuser zu sehen, nur Weizen und grünes Gras, soweit das Auge reicht. In weiter, weiter Ferne, daß sie so klein erscheinen wie Fliegen, sieht man Pferde und Leute bei der Arbeit, das sind die Mäher, die auf ihren Maschinen sitzen und das Gras schwadenweise abmähen. Der einzige Laut, den man hört, ist das Zirpen der Heuschrecken, und wenn der Wind herübersteht, schlägt ausnahmsweise auch wohl einmal ein anderer Laut ans Ohr das klappernde Geräusch der Mähmaschinen unten am Horizont. Zuweilen hört man diesen Laut ganz merkwürdig nahe.

Es ist die Billybory-Farm. Sie liegt ganz allein im weiten Westen, ohne Nachbarn, ohne irgend eine Verbindung mit der Welt, und es sind mehrere Tagemärsche bis zum nächsten Präriestädtchen. Die Häuser der Farm sehen in der Entfernung aus wie winzig kleine Klippen, die aus dem unübersehbaren Weizenmeer aufragen.

Im Winter ist die Farm nicht bewohnt, aber vom Frühling bis zum späten Oktober sind dort einige siebzig Mann mit dem Weizen beschäftigt.

Drei Männer arbeiten in der Küche, der Koch und seine beiden Gehilfen, und im Stall stehen zwanzig Esel außer den vielen Pferden; aber es befindet sich keine Frau, nicht eine einzige Frau auf der Billybory-Farm.

Die Sonne glüht mit 102 Grad Fahrenheit. Himmel und Erde zittern in dieser großen Hitze, und nicht der geringste Windhauch kühlt die Luft ab. Die Sonne sieht aus wie ein Morast aus Feuer.

Auch bei den Häusern ist alles still, nur von dem großen, spangedeckten Schuppen her, der als Küche und Speisesaal benutzt wird, hört man die Stimmen und Schritte des Kochs und seiner beiden Gesellen, die sich in größter Geschäftigkeit regen. Sie feuern die großen Herde mit Gras, und der Rauch, der aus dem Schornstein aufwirbelt, ist mit Funken und Flammen vermischt. Als das Essen fertig ist, wird es in Zinkbaljen hinausgetragen und auf Wagen gehoben. Dann werden die Esel vorgespannt, und die drei Männer fahren mit dem Essen auf die Prärie hinaus.

Der Koch ist ein dicker Irländer, vierzig Jahre alt, grauhaarig, von militärischem Aussehen. Er ist halbnackt, sein Hemd steht offen, und sein Brustkasten gleicht einem Mühlstein. Er wird von aller Welt Polly genannt, weil er im Gesicht Ähnlichkeit mit einem Papagei hat.

Der Koch ist unten in einem der Forts im Süden Soldat gewesen, er ist litterarisch veranlagt und kann lesen. Deswegen hat er auch ein Liederbuch mit auf die Farm genommen und außerdem eine alte Nummer von einer Zeitung. Diese Kleinodien zu berühren, erlaubt er keinem der Leute; er hat sie auf einem Bord in der Küche liegen, um sie in seinen freien Augenblicken zur Hand zu haben. Und er benutzt sie mit großem Fleiß.

Aber Zachäus, sein elender Landsmann, der beinahe blind ist und eine Brille trägt, hatte sich einmal der Zeitung bemächtigt, um darin zu lesen. Es nützte nichts, Zachäus ein gewöhnliches Buch anzubieten, die kleinen Buchstaben verschwammen wie im Nebel vor seinen Augen; dahingegen war es ihm ein großer Genuß, die Zeitung des Kochs in der Hand zu halten und bei der großen Schrift der Anzeigen zu verweilen. Aber der Koch vermißte augenblicklich seinen Schatz, suchte Zachäus in seinem Bett auf und riß die Zeitung an sich. Und nun entspann sich ein heftiger und lächerlicher Wortstreit zwischen diesen beiden Männern.

Der Koch nannte Zachäus einen schwarzhaarigen Räuber und Hund. Er schnalzte dicht vor seiner Nase mit den Fingern und fragte, ob er jemals einen Soldaten gesehen habe, und ob er die Einrichtung eines Forts kenne. Nein, die kenne er nicht! Aber dann solle er sich nur lieber in acht nehmen, weiß Gott, er solle sich in acht nehmen! Und das Maul solle er halten! Was verdiene er im Monat? Habe er etwa Häuser in Washington, habe seine Kuh gestern gekalbt?

Zachäus antwortete nichts auf das alles; aber er beschuldigte den Koch, daß er rohes Essen koche und Brotpudding mit Fliegen darin anrichte. »Scher dich zum Teufel und nimm deine Zeitung mit!« Er, Zachäus, sei ein rechtschaffener Mann, er würde die Zeitung wieder hingelegt haben, nachdem er sie studiert hätte. »Steh' nicht da und spuck' auf den Fußboden, du schmieriger Hund!«

Und Zachäus' blinde Augen standen wie zwei harte Stahlkugeln in dem wütenden Gesicht.

Aber seit jenem Tage herrscht eine ewige Feindschaft zwischen den beiden Landsleuten.

Die Wagen mit dem Essen verteilen sich über die Prärie und speisen jeder seine fünfundzwanzig Mann. Die Leute kommen von allen Ecken herbeigelaufen, reißen etwas Essen an sich und werfen sich unter die Wagen und unter die Esel, um etwas Schatten während der Mahlzeit zu ergattern. Nach zehn Minuten ist das Essen verzehrt. Der Aufseher sitzt wieder im Sattel und kommandiert die Leute wieder an die Arbeit, und die Proviantwagen fahren wieder nach der Farm zurück.

Aber während die Gehilfen des Kochs jetzt die Schüsseln und Kummen nach der Mahlzeit abwaschen und reinigen, sitzt Polly selber draußen im Schatten hinter dem Hause und liest zum tausendsten Male seine Gesänge und Soldatenlieder aus dem teuren Buch, das er aus dem Fort im Süden mitgebracht hat. Und da ist Polly wieder Soldat.

II

Am Abend, als es schon zu dämmern beginnt, rollen sieben Heuwagen mit der Arbeiterschaar langsam aus der Prärie heim. Die meisten waschen ihre Hände draußen auf dem Hofe, ehe sie zum Abendbrot gehen, einige kämmen auch ihr Haar. Da sind alle Nationen und mehrere Rassen vertreten, da sind jüngere und ältere Personen, Einwanderer aus Europa und eingeborene amerikanische Landstreicher, alles mehr oder weniger Vagabunden und verunglückte Existenzen. Die wohlhabenderen der Bande tragen einen Revolver in der hinteren Rocktasche. Das Essen wird gewöhnlich in großer Hast eingenommen, ohne daß irgend jemand was sagt. Die vielen Menschen haben Respekt vor dem Aufseher, der selber an der Mahlzeit teilnimmt und über die Ordnung wacht. Und wenn die Mahlzeit beendet ist, begeben sich die Leute sofort zur Ruhe.

Heute aber wollte Zachäus sein Hemd waschen. Es war so hart von Schweiß geworden, es schauerte ihn am Tage, wenn die Sonne auf seinen Rücken brannte.

Der Abend war dunkel, alle waren zur Ruhe gegangen, von dem großen Schlafschuppen her ertönte nur noch ein gedämpftes Murmeln in die Nacht hinaus.

Zachäus ging nach der Küchenwand hin, wo mehrere Behälter mit Wasser standen. Es war das Wasser des Kochs, das dieser sorgfältig während der Regentage sammelte, denn das Wasser zu Billybory war zu hart und zu kalkhaltig, um darin zu waschen.

Zachäus bemächtigte sich eines der Wasserbehälter, zog sein Hemd ab und fing an, es darin zu reiben. Der Abend war still und kalt, es fror ihn gehörig, aber das Hemd mußte gereinigt werden, und er pfiff sogar leise vor sich hin, um sich ein wenig zu ermuntern.

Da öffnete plötzlich der Koch die Küchenthür. Er hielt eine Lampe in der Hand, und ein breiter Lichtstrahl fiel auf Zachäus.

»Aha!« sagte der Koch und kam heraus.

Er setzte die Lampe auf die Treppe, ging geradeswegs auf Zachäus zu und fragte: »Wer hat dir das Wasser gegeben?«

»Ich nahm es,« antwortete Zachäus.

»Es ist mein Wasser!« schrie Polly. »Du, schmutziger Sklave, hast es genommen, du Lügner, du Dieb, du Hund!«

Zachäus erwiderte nichts auf dieses alles, er fing nur von neuem an, seine Beschuldigung mit den Fliegen im Pudding zu wiederholen.

Der Lärm, den die beiden verursachten, lockte die Leute aus dem Schlafschuppen herbei, sie standen gruppenweise da und froren und lauschten mit größtem Interesse dem Wortwechsel.

Polly schrie ihnen entgegen: »Ist es nicht großartig von dem kleinen Ferkel? Mein eigenes Wasser!«

»Nimm du dein Wasser,« sagte Zachäus und stürzte den Behälter um. »Ich habe es benutzt!«

Der Koch hielt ihm die Faust unter das Auge und fragte: »Siehst du die?«

»Ja,« antwortete Zachäus.

»Ich will sie dich kosten lassen!«

»Wenn du es wagst!«

Da ertönten plötzlich ein paar schnelle Schläge, die erteilt und im selben Augenblick zurückbezahlt wurden. Die Zuschauer stießen ein Geheul über das andere aus, das war der Ausdruck ihres Beifalls und Wohlbehagens.

Zachäus aber hielt nicht lange stand.

Der blinde, untersetzte Irländer war wütend wie eine Tigerkatze, seine Arme waren aber zu kurz, um etwas gegen den Koch ausrichten zu können. Schließlich taumelte er zur Seite, drei, vier Schritt über den Platz und fiel dann um.

Der Koch wandte sich an die Menge:

»Ja, da liegt er nun! Laßt ihn liegen! Ein Soldat hat ihn gefällt!«

»Ich glaube, er ist tot!« sagte eine Stimme.

Der Koch zuckte die Achseln.

»Meinetwegen!« erwiderte er übermütig. Und er fühlt sich wie ein großer, unüberwindlicher Sieger vor seinem Auditorium, er wirft den Kopf in den Nacken und will seinem Ansehen noch Nachdruck verleihen, er wird litterarisch: »Ich überlasse ihn dem Teufel,« sagt er. »Laßt ihn liegen! Ist er etwa der Amerikaner Daniel Webster? Kommt her und will mich lehren, Pudding zu kochen, mich, der ich für Generale gekocht habe! Ist er Oberst der Prärie, frage ich?«

Und alle bewunderten Pollys Rede.

Da erhob sich Zachäus wieder vom Boden und sagte genau so verbissen, genau so trotzig wie vorhin: »Komm heran, du Hasenfuß!«

Die Leute brüllten vor Entzücken, der Koch aber lächelte nur mitleidsvoll und sagte: »Unsinn! Ich kann mich ja ebensogut mit dieser Lampe prügeln!«

Damit nahm er die Lampe und ging langsam und würdevoll hinein.

Es ward dunkel auf dem Platz, und die Leute begaben sich wieder in ihren Schlafschuppen zurück. Zachäus nahm sein Hemd auf, rang es sorgfältig aus und zog es an. Dann schlenderte auch er hinter den andern drein, um seine Pritsche aufzusuchen und zur Ruhe zu kommen.

III

Am folgenden Tage liegt Zachäus draußen auf der Prärie im Gras auf den Knieen und schmiert seine Maschine mit Öl. Die Sonne ist heute ebenso scharf und seine Augen laufen ihm hinter den Brillengläsern voll Schweiß. Plötzlich rückt das Pferd ein paar Schritte vor, mag es vor irgend etwas gescheut haben oder ist es von einem Insekt gestochen. Zachäus stößt einen Schrei aus und springt vom Boden auf. Eine Minute später fängt er an, die linke Hand in der Luft hin und her zu schwingen und mit hastigen Schritten auf und nieder zu gehen.

Ein Mann, der in einiger Entfernung die Heuharke fährt, hält sein Pferd an und fragt: »Was giebt's denn?«

Zachäus antwortet: »Komm einen Augenblick hierher und hilf mir.«

Als der Mann kommt, zeigt ihm Zachäus eine blutige Hand und sagt: »Mir ist ein Finger abgeschnitten, es geschah in diesem Augenblick. Suche mir den Finger, ich sehe so schlecht!«

Der Mann sucht nach dem Finger und findet ihn im Grase. Es waren zwei Glieder desselben. Er fing schon an abzusterben und sah aus wie eine kleine Leiche.

Zachäus nimmt den Finger in die Hand, sieht ihn wiedererkennend an und bemerkt: »Ja, das ist er. Warte einen Augenblick, halt ihn einmal!« Zachäus zieht sein Hemd heraus und reißt zwei Streifen davon ab; mit dem einen verbindet er seine Hand, in den andern wickelt er den abgeschnittenen Finger und steckt ihn in die Tasche. Dann dankt er dem Kameraden für die Hilfe und setzt sich wieder auf die Maschine. Er hielt fast bis zum Abend stand. Als der Aufseher von seinem Unfall hörte, schalt er ihn aus und sandte ihn nach der Farm zurück.

Das erste, was Zachäus that, war, den abgeschnittenen Finger aufzubewahren. Spiritus hatte er nicht, deswegen goß er Maschinenöl in eine Flasche, steckte den Finger hinein und verkorkte den Hals fest. Die Flasche legte er unter den Strohsack in seiner Pritsche.

Eine ganze Woche blieb er zu Hause; er bekam heftige Schmerzen in der Hand und mußte sie Tag und Nacht ganz still halten; er schlug sich auf den Kopf, er bekam auch Fieber im ganzen Körper und lag da und litt und grämte sich über alle Maßen. Eine Unthätigkeit wie diese hatte er noch nie durchzumachen gehabt, nicht einmal vor einigen Jahren, als die Mine explodierte und seine Augen beschädigte.

Um seine elende Lage noch unerträglicher zu machen, kam der Koch Polly selber mit dem Essen vor sein Bett und benutzte die Gelegenheit, um den Verwundeten zu necken. Die beiden Feinde lieferten manches Wortgefecht in dieser Zeit, und es geschah mehr als einmal, daß Zachäus sich nach der Wand umdrehen und die Zähne schweigend zusammenbeißen mußte, weil er dem Riesen gegenüber so ohnmächtig war.

Endlich kamen und gingen die schmerzvollen Tage und Nächte, kamen und gingen mit unerträglicher Langsamkeit. Sobald es ihm möglich war, fing Zachäus an, ein wenig aufrecht auf seiner Pritsche zu sitzen, und des Tags, während der Hitze hielt er die Thür nach der Prärie und nach dem Himmel offen. Oft saß er mit offenem Munde da und lauschte dem Ton der Mähmaschinen in weiter, weiter Ferne, und dann sprach er laut mit seinen Pferden, als wenn er sie vor sich habe.

Aber der boshafte Polly, der schlaue Polly konnte ihn auch jetzt nicht in Ruhe lassen. Er kam und warf ihm die Thür vor der Nase zu unter dem Vorwand, daß es ziehe, es ziehe ganz entsetzlich, und dem Zug dürfe er sich nicht aussetzen. Dann taumelte Zachäus außer sich vor Wut aus der Pritsche heraus und sandte ihm einen Stiefel oder einen Holzschemel nach, und es war allemal sein brennender Wunsch, ihn auf Lebenszeit zum Krüppel zu machen. Aber Zachäus hatte kein Glück, er sah zu schlecht um zu zielen, und er traf niemals.

Am siebenten Tage hatte er erklärt, daß er in der Küche zu Mittag essen wolle. Der Koch antwortete, er verbiete sich seinen Besuch ganz und gar. Dabei blieb es, Zachäus mußte auch heute sein Essen auf der Pritsche in Empfang nehmen. Er saß ganz verlassen da und krümmte sich vor Langeweile. Jetzt wußte er, daß die Küche leer war, der Koch und seine Gehilfen waren mit dem Mittagessen draußen in der Prärie, er hörte sie mit Gesang und Lärmen ausziehen, um sich über den Eingesperrten lustig zu machen.

Zachäus steigt von seiner Pritsche herab und schwankt hinüber nach der Küche. Er sieht sich um, das Buch und die Zeitung liegen an ihrem Platz, er ergreift die letztere und schwankt wieder zurück in den Schlafschuppen. Dann wischt er die Brille ab und fängt an, die amüsanten, großen Buchstaben in den Anzeigen zu lesen.

Es vergeht eine Stunde, es vergehen zweie, die Stunden vergingen jetzt so schnell! Endlich hörte Zachäus, daß der Proviantwagen zurückkehrte, und er vernahm die Stimme des Kochs, der den Gehilfen wie gewöhnlich befahl, die Schüsseln und Kummen zu waschen.

Jetzt wußte Zachäus, daß die Zeitung vermißt werden würde, dies war gerade der Augenblick, wo sich der Koch nach seiner Bibliothek begab. Er besann sich eine Sekunde und steckte dann die Zeitung unter den Strohsack seiner Pritsche. Nach einer Weile holt er schnell die Zeitung wieder heraus und bringt sie auf seinem bloßen Leibe unter. Nie im Leben wollte er die Zeitung wieder ausliefern!

Es vergeht eine Minute.

Da nahen sich schwere Schritte dem Schlafschuppen, und Zachäus liegt da und starrt zum Dach empor.

Polly tritt ein.

»Wie geht es zu, hast du meine Zeitung?« fragt er und bleibt mitten in dem Raum stehen.

»Nein!« antwortet Zachäus.

»Ja, du hast sie!« zischt der Koch und tritt näher an ihn heran.

Zachäus richtet sich auf.

»Ich habe deine Zeitung nicht! Scher dich zum Teufel!« sagt er und wird ganz wütend.

Da aber wirft der Koch den kranken Mann an die Erde und fängt an, die Pritsche zudurchsuchen. Er drehte den Strohsack um, ebenso die armselige Decke, ohne zu finden, was er suchte.

»Du mußt sie haben!« dabei blieb er. Und noch, als er gehen mußte und schon ganz auf den Hof hinausgekommen war, wandte er sich von neuem um und wiederholte: »Du hast sie genommen! Aber warte nur, mein Freund!«

Da lachte Zachäus herzlich und boshaft über den andern und sagte: »Freilich habe ich sie genommen. Ich hatte Verwendung dafür, du schmutziges Ferkel!«

Da aber wurde das Papageiengesicht des Kochs ganz dunkelrot und ein unheilverkündender Ausdruck kam in seinen Kanaillenblick. Er sah sich nach Zachäus um und murmelte: »Ja, warte du nur!«

IV

Am nächsten Tag war ein Gewitter, in gewaltsamen Strömen floß der Regen vom Himmel hernieder, peitschte wie Hagelschauer gegen die Häuser und füllte die Wasserbehälter des Kochs schon zu früher Morgenstunde. Die ganze Arbeitsmannschaft war zu Hause; einige flickten Kornsäcke für die Ernte, andere besserten zerbrochenes Werkzeug oder Arbeitergerätschaften aus und schliffen Messer und Mähmaschinen.

Als der Mittagsruf ertönte, erhob sich Zachäus von der Pritsche, wo er saß und wollte den anderen in den Speiseraum folgen. Er ward indes draußen von Polly in Empfang genommen, der ihm sein Essen brachte. Zachäus wandte ein, er habe beschlossen, von nun an mit den anderen zu essen, seine Hand sei besser, er habe kein Fieber mehr. Der Koch antwortete, wenn er das Essen nicht haben wolle, das er ihm bringe, so bekäme er gar nichts. Er warf die blecherne Schale auf Zachäus' Pritsche und fragte: »Ist dir das vielleicht nicht gut genug?«

Zachäus kehrte zu der Pritsche zurück und ergab sich in sein Schicksal. Es war das richtigste, daß er das Essen nahm, das man ihm gab.

»Was für einen Schweinkram hast du denn heute wieder gekocht?« knurrte er nur und machte sich über die Schüssel her.

»Kücken!« antwortete der Koch. Und ein eigentümlicher Blitz schoß aus seinen Augen, als er sich umwandte und ging.

»Kücken?« murmelte Zachäus vor sich hin und durchsuchte das Essen mit seinen blinden Augen. »Den Teufel auch ist das Kücken, du Lügner.« Aber es war Fleisch und Sauce.

Und er aß von dem Fleisch.

Plötzlich bekam er ein Stück in den Mund, woraus er nicht klug werden konnte. Es läßt sich nicht schneiden, es ist ein Knochen mit zähem Fleisch daran, und als er die eine Seite abgenagt hat, nimmt er das Stück aus dem Munde und betrachtet es. »Der Hund kann seinen Knochen selber behalten!« murmelte er und geht an die Thüröffnung, um es genauer zu untersuchen. Er wendet und dreht es mehrere Male. Plötzlich eilt er nach der Pritsche zurück und sieht nach der Flasche mit dem abgeschnittenen Finger, die Flasche war verschwunden.

Zachäus schreitet hinüber nach dem Speiseraum. Leichenblaß mit verzerrtem Gesicht bleibt er in der Thür stehen und sagt, so daß alle es hören, zu dem Koch: »Sag mal, Polly, ist dies nicht mein Finger?«

Damit hält er einen Gegenstand in die Höhe.

Der Koch antwortet nicht, fängt aber an seinem Tische an zu kichern.

Zachäus hält einen anderen Gegenstand in die Höhe und sagt: »Und, Polly, ist dies nicht mein Nagel, der an dem Finger saß? Sollt' ich den nicht wiedererkennen?«

Jetzt wurden alle Männer an den Tischen aufmerksam auf die wunderlichen Fragen des Zachäus und sahen ihn staunend an.

»Was hast du eigentlich?« fragt einer.

»Ich fand meinen Finger, meinen abgeschnittenen Finger im Essen,« erklärt Zachäus. »Er hat ihn gekocht, er hat ihn mir mit meinem Essen gebracht. Hier ist auch der Nagel.«

Da brach plötzlich an allen Tischen ein brüllendes Gelächter los, und die Leute schrieen durcheinander.

»Hat er deinen eigenen Finger gekocht und ihn dir zu essen gegeben? Du hast ein wenig davon abgebissen, wie ich sehe, du hast die eine Seite abgenagt!«

»Ich sehe nicht gut,« erwiderte Zachäus, »ich wußte nicht,   ich dachte nicht «

Dann aber plötzlich wendet er sich um und geht zur Thür hinaus.

Der Aufseher mußte Ruhe im Speiseraum schaffen. Er erhob sich, wandte sich an den Koch und sagte: »Hast du den Finger mit dem anderen Fleisch zusammen gekocht, Polly?«

»Nein,« erwiderte Polly. »Großer Gott, wie könnte ich wohl! Wofür haltet ihr mich denn? Ich kochte ihn für sich, in einem ganz anderen Kessel.«

Aber die Geschichte mit dem gekochten Finger lieferte den ganzen Nachmittag Stoff zu unerschöpflicher Heiterkeit für die Bande, man stritt und lachte darüber wie die Verrückten, und der Koch feierte einen Triumph, wie nie zuvor im Leben.

Zachäus aber war verschwunden.

Zachäus war in die Prärie hinausgegangen. Das Unwetter hatte noch immer nicht nachgelassen, und es gab nirgends Schutz. Zachäus aber wanderte weiter und weiter über die Prärie hinaus. Er trug seine kranke Hand in der Binde und schützte sie, so gut er konnte, gegen den Regen; im übrigen war er von oben bis unten durchnäßt.

Er setzt seine Wanderung fort.

Als die Dämmerung hereinbricht, bleibt er stehen, sieht beim Schein eines Blitzes nach der Uhr und kehrt dann denselben Weg wieder zurück, den er gekommen ist. Mit schwerfälligen, bedächtigen Schritten geht er durch den Weizen, als habe er die Zeit und den Weg genau berechnet. Gegen acht Uhr langt er wieder bei der Farm an.

Es ist jetzt völlig dunkel. Er hört, daß die Leute im Speiseraum beim Abendbrot versammelt sind, und als er durch das Fenster guckt, meint er den Koch dort zu sehen, und glaubt zu erkennen, daß er sehr guter Laune ist.

Er geht von dem Hause weg nach den Stallungen, wo er sich in den Schutz stellt und in die Finsternis hineinstarrt. Die Heuschrecken schweigen, alles ist still, nur der Regen fällt noch immer und von Zeit zu Zeit schneidet ein schwefelfarbener Blitz den Himmel mitten durch und schlägt weit hinten in der Prärie nieder.

Endlich hört er, daß die Leute vom Abendessen kommen und in den Schlafschuppen hinübereilen, fluchend und im Sturmeslauf, um nicht naß zu werden. Zachäus wartet noch eine Stunde, geduldig und eigensinnig, dann begiebt er sich nach der Küche.

Es ist noch Licht da drinnen, er sieht einen Mann am Herd, und er tritt ruhig ein.

»Guten Abend!« sagt er.

Der Koch sieht ihn erstaunt an und sagt schließlich:

»Heute abend kannst du kein Essen mehr bekommen.«

Zachäus entgegnet:

»Gut! Aber dann gieb mir ein wenig Seife, Polly. Mein Hemd ist gestern abend nicht rein geworden, ich muß es noch einmal wieder waschen.«

»Nicht in meinem Wasser!« sagte der Koch.

»Ja, gerade. Ich habe es hier an der Ecke!«

»Ich rate dir davon ab.«

»Bekomme ich Seife?« fragt Zachäus.

»Ich will dir Seife geben!« schreit der Koch. »Hinaus mit dir!«

Und Zachäus geht hinaus.

Er nimmt den einen der Wasserbehälter, trägt ihn an die Ecke, so recht mitten unter das Küchenfenster, und fängt an, laut in dem Wasser herumzuplätschern. Der Koch hört es und kommt heraus.

Er ist heute groß und überlegen wie nie zuvor, und er geht geradeswegs mit ausgespreizten Armen entschlossen und zornig auf Zachäus zu.

»Was machst du hier?« fragt er.

Zachäus antwortet: »Nichts. Ich wasche mein Hemd.«

»In meinem Wasser?«

»Natürlich!«

Der Koch kommt näher, beugt sich über den Wasserbehälter, um sich davon zu überzeugen, ob es der seine ist, und sucht in dem Wasser nach dem Hemd.

Da zieht Zachäus seinen Revolver aus der Binde der verwundeten Hand heraus, hält ihn dem Koch gerade vors Ohr und drückt ab.

Ein schwacher Knall hallte in die nasse Nacht hinaus.

Als Zachäus zu später nächtlicher Stunde in den Schlafschuppen kam, um zur Ruhe zu gehen, erwachten ein paar von seinen Kameraden und fragten, was er so lange draußen gemacht habe.

Zachäus antwortete: »Nichts. Ich habe Polly erschossen.«

Die Kameraden richteten sich auf den Ellenbogen auf, um besser zu hören.

»Du hast ihn erschossen?«

»Ja!«

»Das wäre doch des Satans! Wo trafst du ihn?«

»In den Kopf. Ich schoß ihn durchs Ohr, die Kugel ging nach oben.«

»Den Teufel auch! Wo hast du ihn begraben?«

»Westlich in der Prärie. Ich gab ihm die Zeitung in die Hände.«

»Hast du das gethan?«

Damit legten sich die Kameraden wieder hin, um weiter zu schlafen.

Nach einer Weile fragt noch einer von ihnen: »Starb er gleich?«

»Ja,« antwortete Zachäus, »beinahe sofort. Die Kugel ging durch das Gehirn.«

»Ja, das ist der beste Schuß,« sagt der Kamerad. »Geht sie durch das Gehirn, so ist das der Tod.«

Und dann wird es ruhig in dem Schuppen, und alle schliefen .

Der Aufseher ernannte einen neuen Koch, einen der Gehilfen, die seit dem Frühling in Übung waren; dieser ward jetzt zum Chef erhöht und war herzlich glücklich über den Mord.

Und alles ging seinen rührigen Gang bis zur Ernte. Es wurde nicht weiter über Pollys Heimgang geredet, der arme Teufel war tot, er lag irgendwo im Weizenfelde begraben, wo die Ähren ausgerissen waren; dabei war nichts mehr zu machen.

Als der Oktober kam, zogen die Arbeiter aus Billybory nach der nächsten Stadt, um einen gemeinsamen Abschiedstrunk zu trinken und sich dann zu trennen. Alle waren in diesem Augenblick bessere Freunde denn je zuvor, und sie umarmten und dankten einander und meinten es ehrlich damit.

»Wohin gehst du, Zachäus?«

»Ich gehe etwas weiter westlich,« antwortet Zachäus. »Vielleicht nach Wyoming. Aber zum Winter gehe ich wieder in den Wald zum Holzschlagen.«

»Dann treffen wir uns dort. Auf Wiedersehen, Zachäus! Glückliche Reise!«

Und die Kameraden ziehen nach allen Richtungen hinaus in das große Yankeeland. Zachäus reist nach Wyoming.

Und die Prärie liegt da gleich einem endlosen Meer, über das die Oktobersonne ihre langen Strahlen wirft, die blitzenden Pfriemen gleichen.

Über das Meer

Ein Reisebrief

Jetzt, drei Wochen nachdem ich in Amerika gelandet bin, komme ich endlich dazu, Ihnen diesen Bericht über die Reise dahin zu senden. Ich bedaure, daß ich es nicht früher habe thun können, der Geist ist willig gewesen, aber das Fleisch war schwach. Mitte August verließ ich Norwegen, wo wir schon seit längerer Zeit einen Überzieher getragen hatten, und kam drei Wochen später in eine Hitze von über 90 Grad Fahrenheit im Schatten hinein. Dies griff mich nicht wenig an und störte meine sonst so gute Septembergesundheit.

Ich will versuchen, aus dem Kopf, ganz nach dem Gedächtnis zu schreiben. Ich habe auch nicht einen Buchstaben mehr von allen meinen wichtigen Papieren vom Schiff. Alles ist weg. Meine sämtlichen Notizen sind eines Nachts am Rande der Newfoundlandsbanks verschwunden. Jeder andere würde wohl den Verstand verloren haben, mir entfuhr nicht einmal ein Schrei. Ich setzte mich nur auf meinen gelben Handkoffer und fand mich wie ein Mann in das Unvermeidliche. Und gegen Vormittag ermannte ich mich so weit, daß ich sogar eine Tasse Thee herunterzuschlucken vermochte.

So ließen wir denn die Brücke von Kristiania hinter uns, nachdem wir unsere Abschiedsgrüße geweht, und der Schiffer die Quittung für die Emigrantenladung abgelegt hatte.

»Kann man jetzt nicht mehr umkehren,« fragte mein junger Reisegefährte mit weinerlicher Stimme.

»Ja, in Kristianssand. Aber das wirst du nicht thun.«

»Dann betrinke ich mich und segele viele viele Meilen von der Heimat fort,« schluchzte er.

Ach, dieser blutjunge Mann! Er war siebzehn Jahre alt und war noch nie von Hause fort gewesen.

Es entstand ein Lärmen und ein Geräusch. Sechshundert Menschen wimmelten auf Deck durcheinander, schleppten ganze Fuder von Gepäck in das Zwischendeck hinab. Da waren die verarmten Gebirgsbewohner aus unseren Thälern, Bauern von den dänischen Inseln, grobknochige Schweden, Bettler und arme Leute, bankerotte Kaufleute aus den Städten, Handwerker, Frauen, junge Mädchen und Kinder. Es war das auswandernde Skandinavien.

»Ja, jetzt schwimmen wir,« sagte ein Mann neben mir. »Sie waren schon früher drüben?«

»Ja!«

Er war ein Mann von dreißig Jahren, fett, sommersprossig und ohne Bart. Eine blonde Haarschnur mit runden Gliedern hing ihm von der Brust herab, um den Hals trug er einen weißen, fettigen Schlips. Er hatte Ohrlöcher in den Ohren.

»Ein schönes Land, das wir verlassen!« sagte er. »Das schönste auf der Erde!« Seine gutmütigen Augen wurden ganz blank.

»Weshalb verlassen Sie es denn?«

Das hatte seine besondere Bewandtnis. Er war Seminarist, war Lehrer gewesen, hieß übrigens Nyke, Kristen Nyke. Dann war er in eine theologische Streitigkeit mit dem Pfarrer C. F. Magnus geraten, und diese Streitigkeit endete damit, daß er seine Lehrerstellung verlor. Er erzählte von seinem Appell an die Öffentlichkeit, von seinen vier langen Artikeln in der Stiftszeitung, was er dem Bischof unverzagt auf dessen Brief geantwortet hatte: »Herr Bischof, Ew. Hochwürden können das Unmögliche von mir verlangen, erfüllen kann ich es aber nicht.«

»Und um was hat sich denn der Streit gedreht?«

Aus dem Gesicht des Lehrers strahlte eine unglaubliche Begeisterung:

»Um was sich der Streit gedreht hat? Ich lese viele Bücher, ich durchforsche Zeitungen und Schriften und werde für meine Verhältnisse ein gelehrter Mann. Ich katechisiere die Kinder nach den Forderungen der Zeit und nach meinen eigenen natürlichen Vernunftschlüssen. Da steht von Noah, daß er ein Paar von allen den Tieren mit sich in die Arche nahm, die nicht im Wasser leben konnten. Das soll mir jemand einreden! Hatte er etwa ein Paar Mastodonten, ein Paar Mammuttiere, ein Paar Elefanten bei sich, von denen ein einziges Paar genügt hätte, um sein kleines Fahrzeug zu füllen? Auf der anderen Seite: Besaß Noah ein Vergrößerungsglas und ein Mikroskop? Ich frage so einfältig, weil ich es nicht besser weiß. Konnte Noah alle die Millionen von Millionen unsichtbarer Tiere und Gewürm mitnehmen, die dem menschlichen Auge verborgen sind? Und konnte er sie ohne Vergrößerungsglas untersuchen und ein männliches und ein weibliches Tier von jeder einzigen Art herausfinden?«

Es hatten sich noch mehr Menschen zu uns gesellt, die dem eifrigen Redner lauschten. Hier fingen einige an zu kichern, andere standen in tiefem Sinnen da und hielten an ihrer Kinderlehre fest. Herr Nyke hatte Blut geleckt, er fuhr fort, über die Unwahrscheinlichkeiten der Bibel zu räsonnieren:

»Ebenso verhält es sich mit Jesu Göttlichkeit,« sagte er. »Vor der Kirchenversammlung zu Nicäa stand es jedem frei, darüber zu glauben, was man wollte; da aber wurde es festgestellt. Dies geschah im 4. Jahrhundert nach Christo. Und seither ist es so gewesen. Forscht man aber in Büchern und Schriften, findet man keine Begründung für diesen menschlichen Lehrsatz. Ich habe in einem schwedischen Buch gelesen, das Ganze beruhe auf der fälschlichen Auslegung eines griechischen Buchstabens. Ich will euch das alles zeigen, wenn ich nur erst zu meinem Koffer gelangen kann; da habe ich eine Menge Bücher.«

Oben auf Deck war es jetzt einigermaßen ruhig geworden, so daß Herr Nyke ganz ungestört reden konnte; durch die Luken des Zwischendecks stieg ein Gesurre von Stimmen von allen den geschäftigen Menschen da unten auf, die ihre Kojen mit geballten Fäusten verteidigten und ihr Gepäck beiseite stauten.

Vier junge Damen in flottgeschürzten Karl-Johann-Toiletten und blauen Ringen unter den Augen gingen plaudernd je zu zweien vorüber. Sie orientierten sich für die kommenden Tage an Bord, starrten mit großen, blauen Augen um sich, redeten jeden sündhaften Matrosen an und stiegen unerschrocken über all das Gepäck, das ihnen im Wege lag, ohne auch nur die fetten, kleinen Hände aus den Manteltaschen zu ziehen. Strauchelte eine von ihnen, so lachten sie alle vier und meinten, es sei ein recht vergnügliches Leben an Bord.

Ich ging hinunter, um mir eine Koje in einer einigermaßen reinlichen Nachbarschaft auszusuchen. Das hatte indessen mein junger Reisegefährte schon besorgt; er saß wie ein Kaiser oben auf seiner Strohmatratze und warf allen, die ihm seine Koje nehmen wollten, wütende Worte an den Kopf.

In der Nähe unserer Koje hatten auch Kristen Nyke und seine Kameraden Unterkommen gefunden. Zwei von ihnen seien »gewöhnliche Handwerker«, sagte Herr Nyke, sie hatten einen gemeinsamen Geldbeutel und einen gemeinsamen Koffer, ohne doch Brüder zu sein; der dritte hatte feinere Hände und ein lustiges, verschmitztes Gesicht, er war aus einer Kaufmannsfamilie. Dieser Mann sollte uns während der Überfahrt viele Unterhaltung verschaffen. Nie seekrank, immer lustig, hilfsbereit und immer parat, fuhr er zwischen den Passagieren umher und streute seine Scherze willig über das ganze Zwischendeck aus. Seinerseits schien dieses kleine drollige Männchen nur e i n Vergnügen hier im Leben zu kennen: nämlich seinen Reisegenossen Nyke, den er immer bei seinem Vornamen Kristen nannte, tüchtig zu necken, und es kam nur selten vor, daß diese beiden Frieden hielten. Zuweilen weckte er den Seminaristen mitten in der Nacht, um sich nach seinem Befinden zu erkundigen, oder er erzählte ihm, wieviel die Uhr war, während Nyke wütend erwachte und ihm schreckliche Rache für diesen »Schurkenstreich« schwur. Und dann schliefen sie beide wieder ein.

Jetzt standen sie da und warteten auf das Mittagessen.

»Nyke soll drüben Pastor werden,« sagte der Kaufmann.

Da lachte Nyke. Pastor, er! Dazu war er ein viel zu aufgeklärter Mensch! Und er wandte sich nach mir um und fragte, was ein Mann mit seiner Ausbildung eigentlich anfangen sollte. Er gehöre nicht zu denen, die körperliche Arbeit verachteten, aber man müsse ihm wohl recht geben, daß er die Bedingungen zu etwas anderem in sich trüge. Er habe an die Stellung eines Professors an einem College gedacht.

Als die Essensglocke ertönte und die großen Eimer mit Emigrantenspeise auf das Zwischendeck herabgelassen wurden, wurde das Gedränge so groß und der Lärm so stark, daß ich es für das Geratenste hielt, eine Weile auf Deck hinaufzufliehen. Es ging über die Glieder der Mitmenschen her. Der Matrose, der als Zwischendecks-Polizist angestellt war, fand den Zustand derartig, daß auch er es vor seinem Gewissen verantworten zu können glaubte, jetzt seiner Wege zu gehen, jetzt, so lange er noch ohne andere Hilfe gehen k o n n t e .

Freie und ledige Leute konnten die Schlacht ja wagen, er aber hatte Frau und Kinder in Kopenhagen.

Nachdem ich mich auf dem obersten Deck eine halbe Stunde herumgetrieben und das Getöse unten sich ein wenig gelegt hatte, ging ich wieder hinab. Meine neuen Bekannten, sowie mein junger Reisegenosse von daheim saßen alle um eine Kiste herum und schnitten ein Stück herrlichen, gelblichen Speck, der ganz danach angethan schien, um Seekrankheit zu erzeugen, in Stücke und verzehrten es. Und überall in jeder Koje, in jedem Schlupfwinkel war man mit dem Mittagsessen beschäftigt. Ach ja, der Mensch lebt f ü r das, w o v o n er lebt! Auch nicht e i n Gesicht verriet Spuren von den Thränen, die für das Vaterland gefallen waren, das man verlassen hatte. Speck lag auf den Kisten, trieb sich am Fußboden und auf den Matratzen herum, Kinder spielten damit, Jünglinge bombardierten einander damit, man saß da, Speck in den Zähnen, zwischen den Fingern, auf den Knieen, überall glänzte dieser fette, gelbe Stoff, der überall Flecke hinterließ.

Viele aber langten mit herzerfreuendem Appetit zu. Die Gebirgsbewohner aus den engen Thälern hatten wohl jetzt zum ersten Mal in ihrem Leben Gelegenheit, nach Herzenslust in Zukost zu ihrem Brot zu schwelgen.

Aber mein junger Reisegefährte, der übrigens von ebenso armer Herkunft war wie ich selber, sollte sein erstes Mittagessen an Bord eines Oceandampfers teuer bezahlen. Er lag den ganzen Nachmittag in seiner Koje und befand sich schlecht, und ich konnte nicht an ihm vorübergehen, ohne daß er nicht eine Unterhaltung über trockne Schiffszwieback anfing, so recht trockne, gute Zwieback, auf denen man kauen konnte, oder daß er mich um ein Mittel gegen Übelkeit um Rat fragte.

Herr Nyke dahingegen litt infolge der gefährlichen Gärung im Magen an einer gewissen Verdauungsträgheit. Er nähme die Sache mit Ruhe, sagte er, und habe keine Lust, etwas vorzunehmen. Späterhin am Abend sollte er indessen genug zu thun bekommen. Wir hörten ihn eifrig nach einem gewissen Schlüssel suchen, dessen er denn schließlich auch habhaft wurde, den er dann aber gar nicht wieder abgeben wollte, obwohl es der Schlüssel zu einer gewissen Bequemlichkeit war, zu der auch andere Zutritt haben sollten.

Indessen war die Stimmung unter den Auswanderern ganz vorzüglich. Sie hatten vor Abgang des Schiffes in Kristiania eine größere Menge Abschiedsbier getrunken und hatten noch einen Schluck in der Reiseflasche. Nach Tische kamen dann die Handharmonikas auf Deck und es entspann sich gleich ein so lebhafter Tanz, daß schwache Leute unter die Starken gerieten; einige von den Frauen flehten sicher aufrichtig um Geduld im Leiden.

Eine kleinere Gruppe von Menschen hatte sich am Vordersteven gesammelt, dort sang ein schwedischer Methodistenprediger aus Amerika geistliche Lieder von Sankey und betete um gutes Wetter für die Überfahrt. Man ist so gottlos als junger Auswanderer bis zu dem Augenblick, wo die Gefahr im Anzuge ist. Hier waren es nur ein paar ältere Sünder, die in sich gingen, während da unten auf dem Zwischendeck ein Schwarm lustiger Leute Mazurka tanzten und sich nicht um den lieben Gott kümmerten.

Herr Nyke und der Kaufmann kamen vorüber. Herr Nyke schimpfte. Er trug seinen Speiseneimer in der Hand, ein sonderbares, verbogenes Blechgefäß mit einem eisernen Henkel. Es war sehr mitgenommen.

»Er hat es gethan!« sagte Herr Nyke. »Er hat es absichtlich gethan, sich daraufgesetzt, es zerbrochen. Sehen Sie nur!«

Der Kaufmann that sein Bestes, um ernsthaft zu bleiben. Es sei versehentlich geschehen, sagte er. Es sei da unten so dunkel gewesen, da habe er sich, ohne es zu wollen, darauf gesetzt.

Und beide gingen weiter und redeten mit lauter Stimme über die Sache.

Der Tanz wurde bis an den dunklen Abend fortgesetzt, wo das Deck geräumt werden sollte. Das Reglement schrieb vor, daß wir Passagiere vom Zwischendeck bis zu einem gewissen Glockenschlag in unserer Koje sein sollten, und sobald der Zeitpunkt gekommen war, sah man den Proviantverwalter und einen der Offiziere, jeder mit einer kleinen Diebslaterne unter dem Rock, in allen Winkeln und Ecken herumstöbern, um plötzlich einen Lichtstrahl auf ein verspätetes Paar zu werfen, das noch im Verborgenen dasaß und sich in flüsterndem Zwiegespräch vergessen hatte. Ein kleiner erschreckter Schrei, zwei Paar entsetzte Augen starrten die Laterne an, dann eine hastige Flucht über das Deck in ein besseres Versteck. Die vier Karl-Johann-Damen forderten sogar, das Reglement zu sehen, das ihnen verbieten konnte, auf Deck zu sitzen, bis der Morgen dämmerte. Das möchten sie sich denn doch ausbitten!

Und dann bekamen sie das Reglement zu sehen.

Wir dampften in die Nordsee hinein.

In Kristianssand waren wir an Bord gewesen und hatten ein paar Briefe geschrieben, eßbare Speisen gekauft, so gut sie zu haben waren und so weit es unsere Mittel erlaubten, ein wenig Bier getrunken. Das war das letzte, was wir auf europäischem Festland verzehrten. Jetzt dampften wir in die Nordsee hinein.

Es war am Morgen, rings umher erwachten die Leute, die Uhr war sieben, in einer Stunde kam das Frühstück. Mehrere von uns hatten schon Stiefel an.

Ich schloß die Augen wieder. Das Schiff rollte. Die stampfende Bewegung hatte meinen Kopf schon etwas schwer gemacht. Ich schlief wieder ein.

Ich erwachte von einem schallenden Gelächter meiner Kameraden, die schon unten auf den Kisten saßen, im Begriff ihr Frühstück einzunehmen, und ich richtete mich gerade früh genug auf, um Herrn Nykes Beine die Treppe zum Deck hinauf verschwinden zu sehen.

Was gab es denn nur?

Herr Nyke hatte einen Heringskopf in seinem Kaffee-Eimer gefunden, und deswegen war er jetzt auf dem Wege zum Kapitän, um sich zu beklagen.

Der Haugesunder an meiner linken Seite fragte gähnend, wieviel die Uhr sei, alle Leute erwachten und sprangen zu beiden Seiten des Ganges im Mitteldeck aus den Kojen; aus der Abteilung der verheirateten Leute drang das unangenehme Geräusch seekranker Frauen, in meinem eigenen Kopf machte sich ein verdächtiges Gefühl bemerkbar. Ich zog schnell die Stiefel an und begab mich auf Deck.

Hier und da, im Schutz gegen den Wind, saßen bleiche Menschen, denen offenbar übel war; einige hingen schon trostlos über der Schanzverkleidung. Und der Wind stand uns gerade entgegen. Die See wurde immer unruhiger.

Herr Nyke kehrte in höchster Erregung zurück und erging sich über den Heringskopf. War das vielleicht mit den modernen Gesundheitsregeln der Hygiene zu vereinen?

Ein leidender Mitreisender, der offenbar genug zu thun hatte, um sich auf den Beinen zu halten, mußte trotz alledem über die Wut des Seminaristen lachen. Er gab sich sogar Mühe, über die Sache nachzudenken.

»Der Heringskopf ist ein Schelmstück von einem Ihrer Kameraden,« sagte er. »Der ist nicht aus dem Eimer des Stewarts gekommen, er wäre gar nicht durch den Guß hindurch gegangen!«

Nyke senkte sinnend das Haupt.

»Was Sie da sagen, hat etwas für sich, und ich habe auch schon daran gedacht. Die Öffnung in dem Eimer des Stewarts war wirklich zu eng dazu. Deshalb bin ich auch nicht zum Kapitän gegangen, das wäre zu dumm gewesen « Und Herr Nyke meinte, was er sagte. Es wäre doch wirklich ein abscheulicher Scherz. Schließlich sprach er seine Besorgnis vor einem »gewissen Fall« aus, der bei ihm einzutreten pflege, wenn er »solchen Schweinkram« gegessen hatte.

Und die See ward immer bewegter, die Seekrankheit griff mehr und mehr um sich. Ein Emigrant nach dem andern brach jammervoll zusammen, und unten in den Kajüten der ersten und zweiten Klasse hatten die dienstbaren Geister genug mit dem Reinigen zu thun. Mit welcher Unbarmherzigkeit greift diese Krankheit nicht den stärksten Mann an! Ich war sehr viel auf See gewesen, und doch war ich jetzt ohnmächtig, totkrank achtundvierzig Stunden lang. Bis zu der schottischen Küste hielt ich mich einigermaßen, dann lag ich da! Einmal, als mein Elend seinen Höhepunkt erreicht hatte, und ich hilflos in einem Winkel des Decks zusammen mit ein paar andern Leidensgefährten lag, kam mein Kamerad aus der Koje links, der Haugesunder, vorüber, dieser dicke, unbehilfliche Mensch, der in seinen eigenen Stiefeln stolpern konnte, und trat ohne die geringste Notwendigkeit auf meinen Fuß, ich war nicht imstande, mich aufzurichten und ihn nach Verdienst zu züchtigen. Er entkam mir. Im übrigen war der Haugesunder ein hilfreicher Mann. Er stahl gelbe Wurzeln für mich aus einem Vorratsschrank während der Zeit, wo ich seekrank war, er ergriff Herrn Nykes Partei, als dieser eines Tages mit dem Methodistenprediger über die Wunder in Streit geriet, und auf den Newfoundlandsbanks, als ich alle meine wichtigen Notizen verloren hatte, erklärte er, er empfinde das als ein persönliches Unglück, das könne ich ihm glauben.

Mein junger Reisegefährte, Herr Nyke und die beiden Handwerker saßen unten und belustigten sich mit einer Flasche Rum. Der Kaufmann war gerade von der schwarzen Victoria in Anspruch genommen, einer ganz jungen Mexikanerin, die ihren Herzensfreund, einen Schiffer aus Sandefjord auf seinem Schiff nach Norwegen begleitet hatte und sich nun auf dem Rückwege in ihre ferne Heimat befand. Gleich einem seltenen, fremdartigen Tier ging sie an Bord umher, zärtlich, sehr empfänglich für Aufmerksamkeiten; sie sang spanische Lieder und rauchte Cigaretten wie ein Mann. Der Kaufmann sah ihr von Zeit zu Zeit ins Gesicht und nannte sie mit liebevoller Betonung sein kleines Ungetüm, sein kleines, schwarzes Beast, Worte, die sie ja nicht verstand. Einmal geriet sie in Streit mit einer der Karl-Johann-Damen. Da sprang das kleine, feurige Ding plötzlich auf und überschüttete ihre Gegnerin mit einem Strom englischer Schimpfworte und Spottnamen, die wie die Sonne in ihrem Heimatlande brannten, rohe, blutige Farben und Gebärden, Worte, die so nackt waren, daß es nicht möglich ist, sie zu wiederholen

Ein Gesang, ein Mittelding zwischen Gesang und Rede, ertönte hinter mir. Es war Herr Nyke, der lallte. Herr Nyke war betrunken, der Rum war ihm zu Kopf gegangen. Mit einem sonnigen, glücklichen Lächeln erklärte er, nichts sei so schön, als im Mond spazieren gehn, spazieren gehn! Er setzte sich auf den ersten besten Platz und lallte weiter.

Jetzt war alles still geworden, nur die Maschine stampfte, und die Wellen ließen das Schiff erzittern. Die Müden und die Kranken lagen alle durcheinander in den Kojen oder auf ihren Koffern. Mein Freund, der Jüngling, war auf einem Sack umgesunken, eine leere Rumflasche und ein Glas lagen neben ihm; die Handwerker saßen, den Kopf auf die Brust gesunken, da und schliefen.

Ich schüttelte meinen Freund. Er schlug die Augen auf und fragte wütend, wer ich sei. Und was wollte ich mit seinem Speck, seinem eigenen Mittagessen, dem Speck und dem Schiffszwieback? Später erholte er sich ein wenig von dem Rausch und erklärte, es sei nicht hübsch von mir gewesen, ganz und gar nicht hübsch! Wir seien nun so manch lieben Tag Freunde gewesen, sagte er, und jetzt müsse ich diese Schande über ihn bringen. Er litt unter dem Wahn, daß er mir versprochen habe, sich zu betrinken, ehe er die Heimat viele, viele hundert Meilen hinter sich gelassen hatte. Ich hatte ihn jedenfalls nicht davon zurückgehalten.

Der Kaufmann kehrte zurück. Er fragte gleich nach Nyke. Wo Nyke sei? Er müsse ihn sprechen. Er erzählte weiter, er sei bei seiner süßen Schwarzen gewesen. »Sehen Sie nur! Da hat sie mich in den Finger gebissen, das infame Frauensmensch! « Und er zeigte mir einen blutenden Finger.

Aber ein paar Stunden später hatten Herr Nyke und mein junger Freund sich wieder gefunden. Sie standen da und fragten sich nach ihrem gegenseitigen Befinden. Beide hatten den Rausch ein wenig verschlafen, sie sahen sich etwas verschämt mit einem verlegenen Lächeln an, ihre Augen waren rot und sie suchten ihre Stimmen so klar zu machen, wie es ihnen möglich war.

Wir hatten Schottland hinter uns gelassen. Meine Seekrankheit war überstanden. Ich hatte achtundvierzig Stunden gehungert, war achtundvierzig Stunden unmenschlich krank gewesen und war im letzten Augenblick von dem zweiten Koch mit ein paar Löffeln Gerstgrütze, in Wasser gekocht, gerettet worden. Nie werde ich vergessen, wie gut das schmeckte! Überhaupt war die

Schiffsmannschaft sehr gut gegen uns, sie erzeigte uns oft eine Extra-Freundlichkeit, wenn wir viel ausgestanden hatten. Als wir uns ein wenig an das Essen an Bord gewöhnt hatten, schmeckte uns das auch so gut, wie wir es nur wünschen konnten. Das Brot war auch gut gebacken und wurde uns in reichlicher Menge geliefert. Wir bekamen jeden Tag Weizenbrot.

Jetzt schwammen wir auf dem Atlantischen Ozean.

Ein finsterer, fast religiöser Ausdruck lag auf den Gesichtern:

Also jetzt! In Gottes Namen!

Was meinen Freund, den Jüngling betrifft, so erklärte er, daß ihm ganz flau werde, wenn er den unendlichen Gedanken der atlantische Ozean denke. Kristen Nyke aber antwortete, daß darüber gar nichts zu denken sei, das sei ein Gedanke für Frauen und Kinder. Ginge die Sache gut, so wäre es gut, ginge sie schief, so stürbe man.

»Und welche Ansicht haben Sie denn über den Tod, Kristen?« fragte der Kaufmann.

»Meine Ansicht über den Tod? Sie ist wohl dieselbe wie die Ansicht anderer gebildeter Menschen. Das Ende des Ganzen, der Schluß, der Punkt für alle großen Gedanken. Wenn Sie ein Mann wären, den so etwas interessierte, würde ich Ihnen etwas darüber aus einem Werk in meinem Koffer vorlesen.«

Ich machte einen Besuch in der Familienabteilung, dem Aufenthaltsort der verheirateten Leute und der jungen Mädchen. Das Zwischendeck war hier in größere Kammern abgeteilt, die durch die offenen Luken im Oberdeck Licht und Luft erhielten, und wo die besser eingerichteten Kojen, die Eßtische und die Bänke längs derselben den Aufenthalt für die Familien ganz gemütlich machten. Es befanden sich drei solche Kammern im Schiff, und in ihnen allen war die Luft gut, wenn man die vielen kleinen Kinder und die nicht wenigen seekranken Frauen in Berechnung zog. Zwei Frauen waren miteinander in Streit geraten, aber von Natur zurückhaltend, wie sie waren, und in christlichen Familien erzogen, rissen sie sich gegenseitig nur ein paar Haarbüschel aus, ja die eine von den beiden, eine Witwe, die in Kristianssand an Bord gekommen war, kämpfte in ihrer Demut am liebsten mit den Nägeln.

Dieser kleine Zeitvertreib erregte die allgemeine Aufmerksamkeit, und ich beobachtete, wie ein Passagier aus der ersten Kajüte, ein Schneider aus Kopenhagen, mit seinem goldenen Kneifer dastand und dem Streit durch die Luke im oberen Deck zuschaute. Er wippte umher und wechselte fortwährend den Platz, um besser sehen zu können. Ein paar kleine Kinder dagegen waren ganz teilnahmslos für diesen Kampf der Frauen; ernst und nachdenklich saßen sie da und verzehrten eine alte Zeitung, die zwischen ihnen lag und stießen von Zeit zu Zeit einen unartikulierten Laut aus, wozu sie die ernsthaftesten Gesichter aufsetzten.

Als ich zu meinen Kameraden zurückkehrte, war Herr Nyke gerade im Begriff, sich ein wenig »einzurichten«, wie er es nannte. Er wollte auf der Überfahrt wie ein Mensch wohnen, und wenn sonst niemand aufräumte, müsse er es thun. Zu diesem Zweck hatte er alle Kisten und Koffer zu einem Berg aufgestapelt, ein Stück Gepäck über dem andern, so daß in der Mitte ein freier Gang entstand, »zum Spazierengehen«, erklärte Herr Nyke. Oben auf dem Oberdeck wehe ein so kalter Wind, der Nebel lege sich so unangenehm auf das Gesicht, der Kohlenstaub aus dem Schornstein verunreinige außerdem das Gesicht war dies da nicht ein guter Gedanke von ihm, ein Boulevard unter Dach und Fach?

Der Haugesunder war der erste, der seinen Koffer an seinem gewöhnlichen Platz vermißte, und mit grober Hand riß er Herrn Nykes Gebäude um. Es stand eine kurze Zeit und versank in Trümmer.

Das Wetter war kalt und naß, der Nebel verdichtete sich, vom Schiff aus war nichts zu sehen. Wohin man sich wandte, hing nur der graue Nebel schwer über dem Meer wie ein rauchender Himmel, der mit der Erde verschwamm. Und jede halbe Minute zog der wachthabende Matrose an der Pfeife, diesem starken Instrument, dessen eiserne Stimme brutal über das Meer dahinschallte.

Und die Tage gingen dahin, die See wurde immer ungestümer, der Sturm nahm zu, und eine ganze Menge Auswanderer lag halbtot vor Elend da. Nur ganz ausnahmsweise erblickte man einen gesunden Menschen, den die Seekrankheit verschont hatte. Mein junger Reisegefährte hatte mehrere Tage zu Bett gelegen, er sagte, es sei unnatürlich zus t e h e n , wenn man sterben solle. Und er stöhnte und gebärdete sich wie ein krankes Kalb. Wenn er jemals wieder an Land käme, was wohl sehr unwahrscheinlich sei, so wolle er nie wieder über Kleinigkeiten wie z. B. den Verlust eines Fingers oder eines Fußes klagen, denn dies sei weit ernster.

Ich traf Herrn Nyke einmal auf Deck. Er schien ein wenig unsicher auf den Beinen, und er war sehr blaß.

»Ist Ihnen nicht wohl?«

»Ach ja, so einigermaßen. Aber hier ist zu viel Ölgeruch, außerdem wird in der Kombüse Fleisch gebraten, der Geruch macht einen elend.«

Nachdem wir aber hinuntergekommen waren und der Kaufmann ihn mit einer Rolle Kautabak traktiert hatte unter dem Vorwand, daß ihn das kurieren werde, ward Herr Nyke mehr und mehr Leiche, er lehnte sich hintenüber, steckte die Hände in die Taschen und schloß die Augen.

»Doch nicht Ihr >Fall<?« fragt der Kaufmann und sieht ihm lächelnd ins Gesicht.

Aber das hätte der Kaufmann lieber nicht thun sollen, Herrn Nykes »Fall« saß zu lose, und der nichts ahnende Spaßvogel mußte seine Unvorsichtigkeit bezahlen.

Der Kaufmann sagte, er glaubte, er ginge hin und wüsche sich.

Seit jenem Tage hütete Herr Nyke beständig das Bett.

Aber als sollte die Sache nie ein Ende nehmen, wurde die See mit jeder Wache, mit jedem Morgengrauen bewegter. Der Nebel kam und ging, der Sturm vertrieb ihn einen Augenblick, bald aber umgab er uns wieder, und das ununterbrochene Kreischen der Takelage tönte bis in das Zwischendeck hinab. In der Nacht brachen einige Kojen ein, die Menschen rollten auf die Erde, müde und seekrank zogen sie die Decken über sich, und halbnackend und verfroren, ohne die Kraft, ihre Matratzen mitzunehmen, schliefen sie auf einem Sack oder einer Kiste elendiglich wieder ein.

Gegen Mitternacht steckte eine Frau den Kopf durch unsere Kojenthür. Sie war mühselig die steile Treppe von dem untersten Zwischendeck, wo die Familien wohnten, heraufgeklettert. Die Laternen brannten trübe an ihren Haken, der Kopf der Frau schimmerte so sonderbar in der Lukenöffnung.

»Kann nicht jemand von hier hingehen und melden, daß da unten am Boden des Schiffes ein so unheimliches Geräusch ist?«

Niemand antwortet. Die Frau schreit lauter, um jemand zu wecken:

»Ist hier nicht jemand, der die Meldung machen kann, daß das Schiff leck ist?«

Jetzt lachen einige laut, und die Frau zieht sich zurück, indem sie mit großer Beharrlichkeit vor sich hin murmelt, daß das Schiff geborsten sei.

Herr Nyke lag im tiefsten Elend in seiner Koje. Es war ein einziger, langer »Fall«. Einer seiner Gefährten fragte ihn einmal, ob er tot sei. Nein, so gut erginge es ihm nicht, murmelte er.

Vom Deck herab klangen die Kommandorufe der Offiziere zu uns herunter, und der Kapitän, dieser über und über mit Goldtressen bedeckte Herr, der uns Emigranten mit so spöttischer Miene begegnet war und uns wiederholt befohlen hatte, ihm aus dem Wege zu gehen, stand nun selber auf der Kommandobrücke. Wir hörten seine Stimme da oben, schnell und scharf erteilte er seine Befehle, und niemand zauderte, ihm zu gehorchen. Wir hatten alle ein Gefühl, daß der Kapitän trotz alledem der beste Mann an Bord wäre, und diesen Augenblick war kein Spott in seinen Mienen.

In den Familienkammern waren jetzt Luft und Licht in einer traurigen Verfassung. Der Seegang war nämlich so schwer geworden, daß man die Luken zu dem obersten Verdeck hatte verrammeln müssen. Die meisten lagen im Bett, die Mütter mit den Kindern eng aneinander geschmiegt, die Männer mit stumpfsinnigen Augen und großen Nasenlöchern, unfähig zu jeder Bewegung. Ganz oben aber an der obersten Treppe stand der gesunde, frische Methodistenprediger, der Mann mit den geistlichen Liedern. Er stand da mit entblößtem Haupt und entblößter Brust, wie versteinert im Gebet. Und die ganze Nacht, seit gestern abend hatte er dagestanden, und von Zeit zu Zeit war ein Auswanderer zu ihm heran gekommen, mit dem er gesprochen hatte. Als es hell wurde und die Leute erwachten, rief er plötzlich mit lauter Stimme zu uns hinab: »Ich bin eine Stimme im Namen des Herrn!« Und er fing an mit Bekehrungsworten und Höllenstrafen um sich zu werfen. Aber es war eine schlechte Kirche, dies Schiff mit sechshundert elenden Auswanderern! Die jungen Mädchen waren nach einer durchwachten Nacht endlich eingeschlafen, und wer weiß, vielleicht träumten sie jetzt einen bekannten Traum von einer flotten Mazurka. Die Mütter und Väter hatten jeder seine Last zu tragen, deswegen war die Predigt auch in den Wind gesprochen. Ach, man wollte Ruhe haben. Man war so matt und elend, man vermochte keinen Gedanken zu denken, konnte sich auf keine Sünde besinnen.

Der Kaufmann war gesund, von Zeit zu Zeit zündete er sich sogar heimlich eine ungeheuer übelriechende Pfeife an, obwohl es wegen der Seekranken und der Feuersgefahr strenge verboten war, hier unten zu rauchen. Herr Nyke hatte gerade den infamen Tabaksrauch gespürt und drohte, den Kaufmann anzuzeigen. Dafür begann dieser, seinen Spott mit dem Seminaristen zu treiben, der so bange war. Kristen sei bange, Kristen habe vor einem Augenblick ein Neues Testament unter sein Kopfkissen gesteckt! Nyke aber schwur mit dem letzten Rest seiner Kräfte, daß der Kaufmann lüge.

Da geschah es, daß oben etwas mit furchtbarem Getöse zertrümmert wurde.

Ein Krachen, ein ohrenbetäubender Donner rollte über das Schiff hin, wir fühlten uns mit plötzlicher Gewalt umgerissen, die See strömte über die Treppen zu uns herab, von allen Seiten ertönte Geschrei. Als ich mich endlich selber wiederfand, mit dem Bauch auf dem Gesicht des Haugesunders, sprang ich schnell auf und sah mich nach meinem Reisegefährten um. Der war aus seiner Koje geschleudert und lag wie tot mit zusammengepreßtem Mund und geballten Fäusten. Als ich ihn anredete, antwortete er nicht, als ich ihn aber wieder auf die Füße gestellt und nach der Koje zurückgeführt hatte, stellte es sich heraus, daß ihm nichts fehlte, der Fall hatte ihm nicht geschadet. »Es ist alles nur eine Kleinigkeit,« sagte er, »ein Glied mehr oder weniger. Nein, aber die Seekrankheit, die Seekrankheit!«

Der Kaufmann brüllte mir ins Ohr:

»Sehen Sie sich doch Kristen einmal an! Liegt er da nicht auf den Knieen in seiner Koje und küßt das Neue Testament!«

Die Handwerker, die beiden guten Freunde, lagen in dem nassen Zwischendeck am Boden, die See floß über sie hin. In gegenseitiger liebevoller Umarmung sandten sie weinend der Heimat ein letztes Lebewohl durch den Orkan hindurch zu. Abermals spülte eine Sturzsee zu uns herunter und führte Splitter von zertrümmertem Holz die Treppe hinab. Der Kaufmann wollte sich wirklich die Bemerkung erlauben, daß es jetzt anfinge, feucht zu werden! Und zu Herrn Nyke gewandt, dessen Stimme und Miene er nachahmte, sagte er:

»Der Tod, was ist der Tod? Nur der Schlußpunkt für die großen Gedanken!«

Und kaum hatte Herr Nyke diese Worte gehört, als er sich beeilte, daß Neue Testament unter sein Kopfkissen zu legen und sich in seine Koje zurückzuziehen. So verlegen war er.

Von nun an nahm aber das Unwetter allmählich ab. Am nächsten Tage konnten wir schon wieder mit voller Fahrt weiterdampfen, mein Reisegenosse konnte aufrecht in seiner Koje sitzen, und Herr Nyke befand sich in guter Besserung. Zwölf Stunden nach dem Orkan war auf keinem Gesicht mehr eine Spur der ausgestandenen Angst und der stillen Gottergebung, die einige an den Tag gelegt hatten, zu entdecken. Man stürzte sich dahingegen über die vollen Speiseeimer mit einer Gier, wie sie nur von der Seekrankheit genesene Patienten besitzen.

Regen, hoher Wellengang und Sturm waren auf der ganzen Reise unsere Begleiter gewesen, ein Ausnahmewetter im August für den Atlantischen Ocean! Als wir endlich ein der Jahreszeit und dem Himmel entsprechendes Wetter bekamen, waren einige von den Auswanderern so stolz, daß sie sich alle Komplimente verbaten. Undankbareren Menschen hat der liebe Gott nie seine Wohlthaten erwiesen. Nur die Seekranken erkannten den Umschlag in der Witterung dankbar an. Der Methodistenprediger stand mitten auf dem Schiff und sang seine geistlichen Lieder, ein Schwarm von völlig neuen Menschen kam zum Vorschein, Leute, die ihre zwölf, vierzehn Tage in den Kojen gelegen hatten, ohne die Kraft zu besitzen, auch nur den Kopf zu erheben, wimmelten plötzlich aus dem untersten Deck herauf, bleich, abgemagert wie Holzpuppen. Jetzt erzählt uns die zunehmende Hitze, daß wir uns der Küste von Amerika nähern. Vögel umschwärmen uns, Vögel mit fremdländischem Aussehen und sonderbarem Geschrei, Segel und qualmende Dampfschiffschornsteine sieht man in allen Richtungen am Horizont, eine norwegische Bark fährt auf uns zu und bittet durch Signale um Angabe der Höhe, auf der wir uns befinden.

Die Handharmonikas, die so lange begraben gelegen haben, werden wieder hervorgeholt, vergessen sind alle Leiden, alle Angst. Der Methodistenprediger aber hat eine kleine Schar um sich versammelt, die am Boden kauert und Gott dankt, weil er unser Leben geschont hat. Und dazu singt der Koch in der Kombüse und macht einen Höllenlärm mit den Kochtöpfen.

Das Schiff war gespült und ausgeputzt, der Lootse war an Bord gekommen, die Passagiere gingen in ihren besten Kleidern umher, und mein Reisegefährte war wieder auf den Beinen.

Da steigt New-York aus dem Meere auf, schwer, farbenreich, gigantisch. In dem nebeligen Sonnenlicht zittert die Stadt marmorweiß, ziegelrot, von den tausenden von Schiffen, die in allen Richtungen, so weit das Auge reicht, hin und her fahren, wehen Flaggen. Schon erreicht uns das Getöse von den Walzen und Rädern der Fabriken, von den Dampfhammerschlägen auf den Werften, von den unendlichen Maschinen aller Art, die mit den glatten Gliedern aus Stahl und Eisen arbeiten.

Zwei Herren steigen von einem kleinen Dampfer zu uns an Bord. Es ist die Gesundheitspolizei, der wir Zwischendeckspassagiere unsere Zunge zeigen, und von der wir unsern Puls befühlen lassen sollen. Abermals steigen zwei Herren von einem anderen kleinen Dampfer an Bord. Es ist der norwegische Konsul in New-York und ein amerikanischer Detektiv. Sie suchen nach einem Norweger, einem gewissen Ole Olsen aus Risör, der Wechselfälschungen begangen hat. Und sie finden den Mann schnell, sein Signalement ist zu deutlich: er hinkt ein wenig und ist pockennarbig. Er war auf der ganzen Reise so still und bescheiden gewesen, jetzt stand er beinahe mit dem Fuß auf Amerikas Grund und Boden und wäre in wenigen Minuten gerettet gewesen. Da kommen die beiden Herren und greifen ihn. Ich vergesse nie sein Gesicht, dies entstellte Gesicht und das hoffnungslose Zittern der Mundwinkel, als der Konsul ihm den Verhaftungsbefehl vorliest.

Kristen Nyke stand am Vordersteven, er war beiseite gegangen und konnte sich nicht erholen von seiner Verwunderung über einen Brief, den er am Morgen in seiner Rocktasche gefunden hatte, und der eine ganze Menge Kronen enthielt, wirklich eine nette kleine Summe in Zehnkronenscheinen, als Geschenk für den armen Seminaristen. Er begriff nicht, woher dies Geschenk kam, und ahnte wohl am wenigsten, daß die Hälfte allein von seinem Plagegeist, dem Kaufmann, stammte.

So glitten wir langsam in den Hafen von New-York hinein.

Ein Erzschelm

Lieber Leser! Ich traf diesen Mann auf einem Friedhof. Ich that nichts, um ins Einvernehmen mit ihm zu gelangen, er aber legte gleich Beschlag auf mich. Ich setzte mich nur auf eine Bank, wo er vor mir gesessen hatte, und sagte:

»Störe ich auch?«

Da fing er an:

»Sie stören gar nicht,« sagte er und machte mir Platz. »Ich sah nur hier über all diesen toten Reichtum hin.« Er zeigte mit einer Handbewegung auf die Gräber.

Wir waren auf dem Krist-Friedhof.

Je weiter der Morgen vorschritt, um so lebhafter war es da oben geworden; Maurer und Arbeiter waren einer nach dem anderen gekommen, der alte Wächter saß schon in seinem Kiosk und las Zeitungen. Hier und da sah man Frauen in Schwarz, die Blumen pflanzten oder begossen, oder Gras abschnitten, das zu lang geworden war. Und die Vögel zwitscherten laut in den großen Kastanienbäumen.

Er war mir ganz unbekannt. Es war ein junger Mann, breitschulterig, unrasiert und in etwas abgetragenem Anzug. Die Runzeln auf der Stirn, die gewichtige Stimme, seine Gewohnheit, nachdenklich zu blinzeln, wenn er sprach, das alles machte ihn, wie man zu sagen pflegt, »alt und erfahren«.

»Sie sind fremd hier?«

»Ich bin neun Jahre außer Landes gewesen.«

Er lehnte sich zurück, streckte die Beine vor und sah auf den Kirchhof hinaus. Aus seiner Rocktasche guckten deutsche und französische Zeitungen hervor.

»Wie traurig ist es auf einem Friedhof wie dieser hier!« sagte er. »So viel Totes auf einem Fleck! So viel Kraft ertötet und so wenig ausgerichtet.«

»Wie meinen Sie das?«

»Dies ist der Militär-Begräbnisplatz.«

Ach so, der ewige Friede! dachte ich bei mir.

Er fuhr fort:

»Aber das Schändlichste von allem ist doch dieser Kultus, der mit den Toten getrieben wird, diese Art und Weise zu beweinen!«

»Eine fromme Zwecklosigkeit!«

Er machte eine hastige Bewegung und richtete sich auf.

»Wissen Sie, daß ein Vermögen von Granit auf diesen Gräbern steht? Dann streut man kostbare Blumen über den Sand, schafft sich bequeme Bänke an, um darauf zu sitzen und zu weinen, errichtet heilige Götzensteine aus den Brüchen da oben in den Grefsenbergen, ein versteinertes Vermögen. Der Friedhof ist einer der am wenigsten bankerotten Plätze in der Stadt. Ja, nicht wahr, das giebt Ihnen zu denken,« fuhr er fort. »Einmal hierhergesetzt, bleibt dieser Reichtum hier stehen, er ist unantastbar, denn er ist tot. Er erfordert nur noch seine

Verwaltung, das heißt seine Aufsicht, seine Thränen, seine Blumen, die rings umher auf den Sandhügeln liegen und welken. Kränze bis zu fünfzig Kronen das Stück!«

Ein Socialist! dachte ich, ein reisender Handwerksbursche, der im Ausland gewesen ist und den Schrei nach dem Kapital gelernt hat, nach dem Kapital.

»Sind Sie auch fremd hier in der Stadt?« fragte er.

»Ja!«

Dann legte er sich wieder zurück gegen die Lehne der Bank, blinzelte und dachte, blinzelte und dachte.

Ein paar alte Gestalten gleiten vorüber, beide mit einem Stock, krummgebeugt, andächtig, miteinander flüsternd, vielleicht Eltern auf dem Wege zu einem Grabe. Ein Windstoß fährt über den Friedhof hin, wirbelt Staub und welke Blumenüberreste auf und raschelt leise mit dem gefallenen Laub, das die Gänge bedeckt, und das von der Sonne getrocknet ist.

»Sehen Sie!« sagt er plötzlich, ohne seine Stellung zu verändern, nur mit einer Bewegung der Augen, »sehen Sie die Dame, die auf uns zu kommt? Geben Sie einmal acht, wenn sie an uns vorüberkommt.«

Nichts war leichter als das. Sie streifte uns fast mit ihrem schwarzen Kleide, und ihr Schleier berührte unsere Hüte. Ein kleines Mädchen, das Blumen trug, folgte ihr, hinter ihr her trug eine Frau Rechen und Gießkanne. Sie verschwanden alle drei in der Biegung, die zu dem unteren Teil des Friedhofes führte.

»Nun?« fragte er.

»Nun?«

»Haben Sie nichts bemerkt?«

»Nichts ungewöhnliches. Sie sah uns an.«

»Bitte sehr, sie sah mich an. Sie lächeln und wollen mir die Versicherung geben, daß darüber kein Streit zwischen uns entstehen soll. Die Sache ist die, daß sie vor einigen Tagen hier vorüberging. Ich saß hier und sprach mit dem Totengräber, ich war bemüht, ihm ein klein wenig Verachtung für sein ehrenwertes Handwerk einzuimpfen.«

»Aber weshalb denn nur?«

»Weil er unnützerweise die Erde aufwühlt zum großen Schaden für die Lebenden, die davon leben sollen.«

Ein armer, verirrter Freigeist also! dachte ich bei mir; wo steht es in Gottes Wort geschrieben, daß die Leichen nicht in der Erde bestattet werden sollen? Jetzt fängst du an, mich zu langweilen.

»Ich saß hier und sprach mit dem Totengräber. Es ist unrecht, sagte ich. Die Dame ging vorüber, sie hörte meine Worte und sah mich an. Ich sprach von Unrecht an einem heiligen Ort. Apropos: haben Sie wohl die alte Frau mit dem Rechen und der Gießkanne in den abgearbeiteten Händen beachtet? Und ihr Rücken, wie gebeugt der war? Dies Geschöpf hat sich wirklich um ihre Gesundheit gebracht in dem Streben, die Erde, die Quelle des Lebens, aufzuwühlen und brach zu legen. Aber sahen Sie es wohl: drei bis vier Schritte hinter der vornehmen Frau, die zu einem Grabe wollte um ihre Trauer zu verrichten. Ja, das war es eigentlich nicht. Sahen Sie, was das kleine Mädchen trug?«

»Blumen.«

»Kamelien. Rosen. Haben Sie das wohl gesehen? Blumen zu einer Krone das Stück. Feine Blumen, die ein ganz außerordentlich empfindliches Leben haben; wenn die Sonne ein wenig sengt, sterben sie. In vier Tagen werden sie über das Gitter in die Gärtnerei da unten geworfen, dann werden sie durch neue ersetzt.«

Da antwortete ich dem Freigeist und sagte:

»Die Pyramiden waren doch noch teurer.«

Das übte nicht die Wirkung aus, die ich erwartet hatte. Er schien die Einwendung bereits früher gehört zu haben.

»In jener Zeit herrschte keine Armut,« sagte er. »Ägypten war obendrein die Kornkammer des ganzen römischen Reichs, die Welt war damals noch nicht so eng. Ich kann aus Erfahrung mitreden, wie eng sie jetzt ist. Nicht ich persönlich habe diese Erfahrung gemacht, sondern ein anderer. Aber ich weiß nur, die Pyramide in der Wüste ist eins und ein wohlgepflegtes, modernes Grab ist etwas ganz anderes. Sehen Sie sich hier um! hunderte von Gräbern, Monumente für große Summen, Granitrahmen aus den Grefsenbergen zu drei Kronen sechzig Öre die Elle. Grassoden aus Egeberg zu zwei Kronen fünfzig Öre das Quadratmeter. Ich will gar nicht reden von den Inschriften und dem Raffinement, das in Bezug auf steinerne Säulen getrieben wird in polierter oder roher Arbeit, ausgehauen oder gefügt, rot, weiß und grün. Sehen Sie nur einmal diese Unmenge Grassoden an! Ich sprach mit dem Totengräber hierüber, der Handel damit hat dermaßen um sich gegriffen, daß kaum mehr Soden zu haben sind. Nun bitte ich Sie, bedenken Sie doch nur, was Grassoden auf der Erde bedeuten: sie sind das Leben!«

Da erlaubte ich mir zu entgegnen, daß dies Leben nicht aller Idealität beraubt werden könne und dürfe; es habe doch wohl sein bißchen ethische Bedeutung, daß die Menschen noch ein paar Grassoden für ihre lieben Toten übrig hätten. Und der Ansicht bin ich auch heutigen Tages noch.

»Sehen Sie,« sagte der Mann heftig, »von dem, was täglich hier vergeudet wird, könnten Familien leben, Kinder erzogen, schiffbrüchige Existenzen gerettet werden. Jetzt sitzt die junge Frau da unten und gräbt Kamelien in die Erde, die den Wert von zwei Kinderkleidern repräsentieren. Wenn der Kummer die Mittel zu so etwas hat, wird er Gourmand.«

Er war ganz sicher Socialdemokrat, vielleicht war er gar ein Anarchist, dem es Vergnügen machte, ernste Dinge auf den Kopf zu stellen. Ich hörte ihm mit schwindendem Interesse zu.

Er fuhr fort:

»Und dann sitzt da oben ein Mann, der Wächter. Wissen Sie, was der zu thun hat? In erster Linie buchstabiert er seine Zeitung, und dann bewacht er die Gräber. Es herrscht Ordnung im Kultus der Toten. Heute, als ich kam, sagte ich zu ihm, wenn ich ein Kind sähe, das hier Blumen stähle, um sich Schulbücher für den Erlös zu kaufen, ein kleines Mädchen, mager und ängstlich, das eine Kamelie wegnähme, um Essen dafür zu kaufen, so würde ich sie nicht anmelden, ich würde ihr behilflich sein. Das nenne ich Unrecht, sagte der alte Wächter. Unrecht, sagte er. Ein hungriger Mann hält Sie eines Tages auf der Straße an und bittet Sie, ihm zu sagen, wie viel die Uhr ist. Sie holen Ihre Uhr heraus, beachten Sie dann einmal seine Augen! Dann entreißt er Ihnen blitzschnell die Uhr und läuft davon. Ihnen bleiben zwei Auswege. Sie können den Raub melden, und dann bekommen Sie ein paar Tage später Ihre Uhr wieder, die bei einem Pfandleiher gefunden ist, und im Laufe von vierundzwanzig Stunden pflegt dann der Sünder zu folgen. Oder Sie können schweigen. Das ist der zweite Ausweg. Sie können schweigen. Ich bin eigentlich ein wenig müde, denn ich habe die ganze Nacht gewacht.«

»So, Sie haben gewacht! Nun der Tag schreitet vor. Ich habe meine Arbeit.«

Ich erhob mich, um zu gehen.

Er zeigte hinab auf die See und die Brücken.

»Ich bin da unten in den Spelunken umhergegangen, um ausfindig zu machen, wie die Not und das Elend des Nachts schlafen. Hören Sie nur einmal zu! Es geschehen so sonderbare Dinge! Eines Abends vor neun Jahren, als ich hier an diesem selben Fleck saß, ich glaube, auf dieser selben Bank geschah etwas, was ich nicht vergessen kann. Es war allmählich ganz spät geworden. Die Friedhofbesucher waren nach Hause gegangen; ein Steinhauer, der auf dem Bauch auf einer Marmorplatte da hinten lag und die Inschrift einmeißelte, hatte endlich seine Arbeit beendet, er zog die Jacke wieder an, steckte das Werkzeug in die verschiedenen Taschen und entfernte sich. Es fing an zu wehen, die Kastanienbäume rauschten schon ganz laut, und ein kleines eisernes Kreuz, das hier in der Nähe stand, es ist jetzt, glaube ich, weg schwankte ein wenig im Winde. Ich knöpfte auch meine Jacke zu und war eben im Begriff zu gehen, als der Totengräber die Biegung dort heraufkommt und im Vorübergehen hastig frägt, ob hier ein kleines Mädchen in gelbem Kleide mit einer Schultasche vorübergekommen sei.

Ich erinnerte mich nicht, sie gesehen zu haben. Was für eine Bewandtnis hatte es denn mit dem kleinen Mädchen?

»Sie hat Blumen gestohlen,« sagte der Totengräber und ging weiter.

Ich saß ganz still hier und wartete, bis er zurückkam.

»Nun? haben Sie sie gefunden?«

»Nein! Aber ich habe die Pforte verschlossen.«

Es sollte eine ordentliche Jagd veranstaltet werden. Das kleine Mädchen war sicher noch auf dem Friedhof, und jetzt mußte endlich Ernst aus der Sache gemacht werden. Dies war nun heute die dritte, die gestohlen hatte. Schulkinder, kluge kleine Mädchen, die sehr wohl wußten, daß es unrecht war. Wie? Sie stehlen die Blumen, binden Sträuße daraus und verkaufen sie. Ja, nette Kinder! das mußte man sagen!

Ich begleitete den Totengräber und half ihm eine Zeitlang, die Kleine suchen. Aber sie hatte sich gut versteckt. Wir nahmen den Wächter mit, wir suchten zu dreien und fanden sie nicht. Es fing an zu dämmern und wir gaben das Suchen auf.

»Wo ist das bestohlene Grab?«

»Dort. Noch dazu ein Kindergrab! Hat man je so etwas erlebt?«

Ich ging dahin. Jetzt stellte es sich heraus, daß ich dies Grab kannte. Das kleine verstorbene Mädchen hatte ich ganz gut gekannt, und am nämlichen Vormittag hatten wir sie begraben. Die Blumen waren verschwunden, auch meine eigenen. Ich sah sie nirgends mehr.

»Wir müssen weiter suchen,« sagte ich zu den anderen. »Dies ist schändlich!«

Der Totengräber hatte eigentlich nichts hiermit zu schaffen, aber er nahm doch der Sache wegen teil. Und nun fingen wir alle drei an, von neuem zu suchen. Plötzlich unten an der Biegung des Weges gewahrte ich ein kleines Menschenkind, ein Mädchen, das zusammengekrochen hinter Brigadevogt With's großer polierter Grabsäule an der Erde kauerte und mich anstarrte. Sie hatte sich so klein gemacht, daß ihr Hals ganz in den Rücken hineingeschoben war.

Aber ich kannte sie ja! Es war die Schwester der Verstorbenen.

»Mein liebes Kind! Weshalb sitzest du denn hier noch so spät?« fragte ich.

Sie antwortete nicht und rührte sich nicht. Ich hob sie in die Höhe, nahm ihre Schultasche in die Hand und hieß sie, mit mir nach Hause zu gehen. »Klein Hanna mag gar nicht, daß du um ihretwillen noch zu so später Stunde hier bist.«

Dann kam sie mit mir und ich sprach zu ihr:

»Weißt du denn auch, daß ein böses Mädchen die Blumen von Hannas Grab gestohlen hat? Ein kleines Mädchen in gelbem Kleid. Hast du die nicht gesehen? Nun, wir werden sie schon finden!«

Und sie ging ruhig neben mir, ohne zu antworten.

»Da haben Sie sie ja!« rief der Totengräber plötzlich. »Da haben wir die Diebin!«

»Wie?«

»Wie? Sie halten sie ja an der Hand!«

Da mußte ich lächeln.

»Nein, da irren Sie. Sie ist die Diebin nicht. Dies ist die kleine Schwester von dem Kinde, das heute begraben wurde. Sie heißt Elina, ich kenne sie.«

Der Totengräber aber war seiner Sache sehr sicher. Auch der Wächter erkannte sie wieder; namentlich an der roten Narbe, die sie an der einen Seite des Kinnes hatte. Sie hatte Blumen von dem Grabe ihrer Schwester gestohlen, und die Ärmste konnte nicht einmal ein Wort zu ihrer Entschuldigung vorbringen.

Jetzt bitte ich Sie eins zu beachten. Ich hatte diese beiden Schwestern lange gekannt; wir hatten eine ganze Zeit in demselben elenden Hinterhof gewohnt und sie hatten oft unter meinem Fenster gespielt. Sie zankten sich oft sehr und prügelten sich auch, aber es waren ein paar nette Kinder, und anderen gegenüber nahmen sie sich gegenseitig stets in Schutz. Das hatten sie nicht gut von jemand lernen können. Die Mutter war eine schlechte Person, die selten zu Hause war, und den Vater sie hatten, glaube ich, jede ihren eigenen hatten sie nie gekannt. Diese beiden Kinder hatten ein kleines Loch, in dem sie lebten, und das kaum größer war als die Grabplatte dort, und da meine Stube der ihren gerade gegenüberlag, stand ich oft am Fenster und sah zu ihnen hinein. Hanna hatte in der Regel das Übergewicht, sie war auch ein paar Jahre älter und war oft so verständig wie eine Erwachsene. Sie holte immer den Blecheimer heraus, wenn sie eine Schnitte Brot haben wollten, und im Sommer, wenn es auf dem Hofe heiß war, hatte Hanna den guten Einfall, eine alte Zeitung an das Fenster zu befestigen, um die ärgste Sonne fern zu halten. Oft habe ich auch gehört, daß sie ihrer Schwester die Schularbeiten überhörte, ehe sie zur Schule gingen. Hanna war ein verwachsenes, ernstes Kind und ihr Leben war nur von kurzer Dauer.

»Lassen Sie uns die Tasche untersuchen,« sagte der Totengräber.

Und richtig, in der Tasche lagen die Blumen. Ich kannte sogar meine eigenen zwei, drei wieder.

Was sollte ich sagen? Und da stand sie, die kleine Sünderin, und sah uns ganz verhärtet an. Ich schüttelte sie und fragte sie aus, sie aber schwieg. Dann nannte der Totengräber die Polizei und nahm das Kind mit sich.

Oben an der Pforte ward ihr plötzlich klar, was geschehen sollte, sie sagte plötzlich:

»Nein, wo soll ich denn hin?«

Der Totengräber antwortete:

»Auf die Polizeistation!«

»Ich habe sie nicht gestohlen,« sagte sie.

Hatte sie sie nicht gestohlen? Sie hatte sie ja in der Tasche, wir hatten es sozusagen gesehen. Sie aber wiederholte ängstlich, sie habe sie nicht gestohlen.

In der Pforte hing der Kleiderärmel der kleinen Elina am Schloß fest, und der dünne Ärmel wurde beinahe ausgerissen. Und dadrinnen schimmerte der magere kleine Arm.

Auf die Polizeistation ging es. Ich begleitete sie. Es wurden einige Erklärungen abgegeben, aber so viel ich weiß, geschah der kleinen Elina nichts weiter. Ich selber sah sie nicht wieder, denn ich reiste fort und blieb neun Jahre weg.

Jetzt aber habe ich mehr Einsicht in die Sache bekommen. Es war ganz verkehrt, was wir da thaten. Sie hatte die Blumen natürlich nicht gestohlen, aber selbst wenn sie es gethan hätte? Ich sage mir: warum nicht? Hat man je so etwas Verkehrtes gehört, als wie wir uns mit ihr benahmen? Aber kein Richter kann uns deswegen verurteilen, wir nahmen sie nur fest und führten sie vor das Gericht. Ich kann Ihnen sagen, ich habe Elina wieder gesehen und kann Sie zu ihr führen!«

Er machte eine Pause.

»Wenn Sie verstehen wollen, was ich erzähle werde, müssen Sie zuhören! Ja, sagt das kranke Kind, wenn ich jetzt sterbe, so werde ich schon Blumen bekommen, vielleicht viele Blumen, denn die Lehrerin wird gewiß ein Bouquet schicken und Frau Bendiche sendet vielleicht gar einen Kranz.

Aber die kleine Kranke ist klug wie eine Alte. Sie ist zu stark gewachsen, um am Leben bleiben zu können, und seither hat die Krankheit ihr Nachdenken unglaublich geschärft. Wenn sie spricht, schweigt die andere, die kleinere Schwester, die angestrengt bemüht ist, sie zu verstehen. Sie wohnen allein dort, und die Mutter ist niemals zu Hause, hin und wieder aber schickt ihnen Frau Bendiche Essen, und sie verhungern nicht. Jetzt zanken sich die Schwestern nie mehr, es ist lange, lange her, seit sie Streit miteinander hatten, und ihre früheren Streitigkeiten aus früheren Zeiten auf dem Spielplatz sind längst vergessen.

Aber die Blumen sind nichts übertrieben Herrliches, fährt die Kranke fort. Sie welken. Und welke Blumen sind nicht schön auf einem Grab zu haben. Und wenn sie tot war, konnte sie sie doch nicht sehen, und wärmen thaten sie auch nicht. Ob Elina aber wohl noch an die Schuhe dächte, die sie einmal im Bazar gesehen hatten? Sie waren warm!

Elina erinnerte sich der Schuhe noch. Und um ihrer Schwester zu zeigen, wie klug sie war, beschrieb sie ihr die Schuhe ganz genau.

Es war jetzt nicht mehr lange bis zum Winter. Und durch das Fenster zog es so schrecklich, daß der Waschlappen dort am Nagel ganz steif fror. Elina könnte so ein Paar Schuhe bekommen.

Die beiden Schwestern sahen sich an. Elina ist gar nicht so dumm.

Ja, sie konnte ihre Blumen nehmen und sie verkaufen. Das konnte sie. Es gingen am Sonntag so viele Leute auf der Straße spazieren. Sie fuhren oft mit Blumen im Knopfloch aufs Land, und oft sah man Herren mit einer Blume im Knopfloch in einer Droschke fahren. Sie kauften gewiß Blumen.

Elina fragte, ob sie nicht eine kleine Katze kaufen könne.

Ja, wenn sie Geld übrig behielt. Erst aber sollte sie die Schuhe kaufen.

Das verabredeten sie miteinander. Niemand hatte etwas darüber zu sagen, die beiden Kinder hatten es unter sich abgemacht. Elina mußte aber acht geben und die Blumen noch am selben Abend abholen, ehe sie verwelkten.«

»Wie alt mochte die Kranke wohl sein?«

»Zwölf, dreizehn Jahre, denke ich. Es ist nicht allemal das Alter, worauf es ankommt. Ich hatte eine Schwester, sie lernte Griechisch als sie noch s o klein war.

Aber Elina erging es ja nicht gut bei der Sache. Bestraft wurde sie gerade nicht, aber die Polizei jagte ihr doch einen unschuldigen kleinen Schrecken ein, und damit war sie verhältnismäßig gut davon gekommen. Dann nahm die Lehrerin sich ihrer an. Sich eines Kindes annehmen, heißt es auszeichnen, es auf die Probe stellen, es heimlich beobachten. Elina wird in den Pausen herangerufen: Liebe Elina, warte doch einen Augenblick, ich möchte mit dir sprechen! Dann wird sie ermahnt, liebevoll und bestimmt, zur unrechten Zeit an die Sache erinnert, aufgefordert, Gott um Verzeihung zu bitten.

Da zerbricht etwas in ihr.

Elina erschlafft, sie kommt mit ungewaschenem Gesicht, vergißt ihre Bücher zu Hause. Verdächtigt, von forschenden Augen verfolgt, nimmt sie die Gewohnheit an, sich dem Blick der Lehrerin zu entziehen, es zu vermeiden, den Leuten in die Augen zu sehen. Sie gewöhnt sich die verstohlenen, hastigen Blicke an, die ihr einen scheuen Ausdruck verleihen. Und dann, eines Tages, wird sie konfirmiert, der Pastor giebt ihr einen Spruch gegen ein gewisses Gebot, alle Leute machen sich ihre Gedanken über ihre Vergangenheit. Und dann verläßt sie die Kirche und sie verläßt ihre kleine Stube. Die Sonne scheint golden auf die Stadt hinab, die Leute schlendern mit Blumen im Knopfloch auf der Straße herum, sie macht selber eine Fahrt aufs Land in einer Droschke

Und diese Nacht bin ich ihr wieder begegnet. Sie wohnt da unten. Sie stand in einem Thorweg und redete mich flüsternd an. Ich konnte mich nicht irren, ich hatte ihre Stimme gehört, und ich kannte die rote Narbe. Aber, großer Gott, wie stark sie geworden war!«

»Kommen Sie her! Ich bin es!« sagte sie.

»Ja, ich bin es auch,« entgegnete ich. »Wie groß du geworden bist, Elina!«

Groß? Was für ein Schnack war das? Sie hatte keine Zeit zum Plaudern. Wenn ich nicht mit hereinkommen wollte, so brauchte ich nicht länger stehen zu bleiben und andere zu verscheuchen.

Ich nannte meinen Namen, erinnerte sie an den Hinterhof, an die kleine Hanna, an alles, was ich wußte. Lassen Sie uns hineingehen und ein wenig zusammen plaudern, sagte ich.

Als wir hineinkamen, sagte sie:

»Spendieren Sie etwas zu trinken?«

So war sie.

»Denken Sie doch, wenn Hanna jetzt auch hier gewesen wäre! Dann hätten wir drei wieder zusammengesessen und über dies und jenes geschwatzt.«

Sie lachte schrill.

»Was schwatzen Sie da für Unsinn? Sie werden wohl schon wieder kindisch!«

»Denken Sie denn gar nicht mehr an Hanna?« fragte ich.

Da spie sie wütend vor sich hin.

Hanna und immer Hanna! Ob ich denn glaubte, daß sie noch ein Kind sei? Dies mit Hanna lag viel zu weit zurück, was für ein Geschwätz war das doch! Ob sie uns etwas zu trinken holen solle.

»Ja, gern.«

Sie steht auf und geht hinaus.

Rings umher in den Nebenzimmern höre ich Stimmen, Korkenknallen, Fluchen, leise Schreie. Thüren werden geöffnet und wieder zugeschlagen, hin und wieder wurde draußen auf dem Gang nach einer Aufwärterin gerufen, die einen Befehl erhielt.

Elina kehrte zurück. Sie wollte bei mir sitzen, auf meinem Schoß, sie zündete sich auch eine Cigarette an.

»Warum darf ich nicht bei dir sitzen?« fragte sie.

»Wie lange sind Sie hier gewesen?«

»Ich weiß nicht recht. Es ist auch einerlei. Prost!«

Wir tranken. Sie sang eine Melodie ohne Stimme, den blühendsten Blödsinn, irgend etwas aus einem Tingeltangel.

»Wo haben Sie das gelernt?«

»Im Tivoli.«

»Gehen Sie oft dahin?«

»Ja, wenn ich so viel Geld habe. Jetzt habe ich aber nie mehr was. Die Wirtin wollte heute Geld von mir haben. Sie nimmt eine so große Abgabe, sie muß wohl so viel Geld haben, und dann bleibt für uns nichts übrig. Könntest du mir nicht noch etwas Geld geben?«

Ich hatte Gottlob noch etwas, das ich ihr geben konnte.

Sie nahm es ohne Dank und ohne alle Bewegung, aber vielleicht empfand sie doch eine kleine innere Freude. Sie bat mich, noch eine Flasche Wein zu bestellen. Ich sollte wohl gründlich ausgepumpt werden.

Der Wein kam.

Aber nun wollte sie auch Staat mit mir machen. Sie wollte ein paar von den anderen Mädchen hereinrufen und ihnen von dem Wein abgeben. Die Mädchen kamen. Sie hatten kurze, gesteifte Röcke an, die raschelten, wenn sie sich rührten; ihre Arme waren nackend, und sie trugen abgeschnittenes Haar.

Elina stellte mich vor, und sie wußte meinen Namen noch ganz genau. Sie erzählte in blasiertem Ton, ich hätte ihr viel Geld gegeben, ich sei ein guter alter Freund von ihr, sie könne mich um so viel Geld bitten, wie sie wollte. Es sei immer so gewesen.

Die Mädchen tranken und wurden nun auch vergnügt, sie überboten sich in unglaublichen Zweideutigkeiten, und krähten allerlei Lieder gegeneinander auf. Elina wurde eifersüchtig, wenn ich das Wort auch einmal an eine der anderen richtete, sie wurde mürrisch und unangenehm. Aber ich sprach absichtlich auch mit den anderen, um Elina zu größerer Mitteilsamkeit zu zwingen, denn ich wollte gern einen Einblick in ihren Gemütszustand gewinnen. Ich verfehlte indes meinen Zweck, sie warf den Kopf in den Nacken und machte sich etwas zu thun. Schließlich griff sie nach Hut und Jacke und schickte sich an auszugehen.

»Wollen Sie gehen?« fragte ich.

Sie antwortete nicht, summte mit überlegener Miene eine Melodie vor sich hin und setzte den Hut auf. Plötzlich öffnete sie die Thür nach dem Gang und rief:

»Gina!«

Das war ihre Mutter.

Sie kam, mit schweren Schritten, in weiten Pantoffeln schlurfend. Sie klopfte an, trat ein, blieb an der Thür stehen.

»Ich habe dir doch gesagt, daß du den Staub von der Kommode jeden Tag abwischen sollst!« sagte Elina sehr bestimmt. »Was für eine Schweinerei ist das! Mit der Art Reinmachen komm mir nicht wieder, verstehst du! Und die Photographien da hinten sollen auch jeden Tag mit einem Tuch abgewischt werden!«

Die Mutter sagte: »Ja« und wollte wieder gehen. Sie hatte unzählige Runzeln im Gesicht und eingefallene Wangen. Sie hörte die Tochter gehorsam an und sah sie an, um nichts zu überhören.

»Ich bitte mir nun aus, daß du daran denkst!« sagte Elina.

Die Mutter antwortete: »Jawohl!« und ging. Leise schloß sie die Thür hinter sich, um kein Geräusch zu machen.

Elina stand angekleidet da. Sie wandte sich mir zu und sagte:

»Ja, es wird wohl am besten sein, wenn Sie jetzt den Wein bezahlen und gehen.«

»Vielen Dank!« sagten die Mädchen und leerten ihre Gläser.

Ich war ganz betroffen.

»Den Wein soll ich bezahlen?« sagte ich. »Warten Sie einmal! Ich denke doch, ich habe Ihnen das Geld für den Wein gegeben? Aber vielleicht habe ich noch etwas.« Ich griff wieder in die Tasche.

Die Mädchen fingen an zu lachen.

»Ach, so ist es mit seinem Reichtum bewendet! Du hattest ja so viel Geld von ihm bekommen, Elina, und jetzt kann er nicht einmal den Wein bezahlen! Hahaha!«

Da wurde Elina in ihrer Seele wütend.

»Hinaus mit euch!« schrie sie. »Ich will euch hier nicht mehr haben! Er hat Geld wie Heu! Hier könnt ihr sehen, was er mir gegeben hat!« Und triumphierend warf sie Scheine und Silbergeld auf den Tisch. »Er hat den Wein bezahlt und mich auch, seht nur her! Ihr habt nie so viel Geld auf einem Haufen gesehen. Ich kann die Wirtin fürzwei Monate bezahlen, versteht Ihr mich! Ich sagte es nur, um ihn ein wenig zu ärgern, um ihn zu necken. Ihr sollt aber hinaus!«

Und die Mädchen mußten hinaus.

Elina aber lachte schrill und nervös auf, als sie die Thür hinter ihnen abschloß.

»Ich mag sie wirklich nicht hier haben,« sagte sie entschuldigend. »Es sind im Grunde langweilige Dirnen, mit denen ich gar nicht verkehre. Fandest du nicht auch, daß sie langweilig waren?«

»Nein, das fand ich nicht,« antwortete ich, um sie noch mehr zu beschämen. »Sie antworteten, wenn sie gefragt wurden, sie erzählten mir, was ich von ihnen wissen wollte. Es waren nette Mädchen.«

»Dann kannst du ja auch gehen!« schrie Elina mir zu. »Geh du ihnen nur nach, wenn du Lust hast. Ich halte dich nicht.« Der Sicherheit halber steckte sie jetzt das Geld ein, das sie vorhin auf den Tisch geworfen hatte.

»Ich wollte Sie gern noch etwas fragen,« sagte ich. »Wenn Sie sich entschließen könnten, ruhig zu sitzen und mich anzuhören.«

»Mich nach etwas fragen?« antwortete sie höhnisch. »Ich habe nichts mit dir zu schaffen. Du willst wohl wieder von Hanna anfangen? Dies Gequatsche von Hanna macht mir ganz schlimm und übel. Davon kann ich nicht leben!«

»Möchten Sie denn aber nicht aus diesem Leben heraus?« fragte ich.

Sie that, als höre sie es nicht, sie fing wieder an, im Zimmer herum zu kramen und zu ordnen, und dazu pfiff sie, um sich Mut zu machen.

»Aus diesem Leben heraus?« sagte sie und stand plötzlich vor mir still. »Wozu? Wo soll ich hin? Mit wem soll ich mich wohl verheiraten? Wer wollte wohl so eine wie mich haben? Und dienen mag ich nicht.«

»Sie könnten ja versuchen, außer Landes zu gehen und ein ehrbares Leben anzufangen.«

»Blödsinn! Blödsinn! Schweig davon! Bist du Missionar geworden? Wozu soll ich von hier fortgehen? Ich befinde mich ganz wohl. Ich habe nichts auszustehen. Weißt du was? Laß noch eine Flasche Wein kommen! Aber nur für uns beide ganz allein. Die anderen sollen nichts abhaben   Gina!« rief sie zur Thür hinaus.

Sie bestellte Wein, trank und wurde immer weniger anziehend. Ein vernünftiger Bescheid war nicht aus ihr herauszubringen, sie summte unablässig Bruchstücke von Gassenhauern vor sich hin, während sie dasaß und sann. Dann trank sie wieder, und ihr Benehmen wurde geradezu abstoßend. Sie wollte wieder und wieder auf meinen Schoß, sie streckte die Zunge heraus und sagte: »Da, sieh!« Schließlich fragte sie geradezu:

»Bleibst du übernacht hier?«

»Nein!« antwortete ich.

»Dann gehe ich aus!« sagte sie.

Der Erzähler schwieg.

»Nun?« fragte ich.

»Was würden Sie thun, wenn Ihnen eine solche Wahl gestellt würde? Würden Sie bleiben oder gehen? Sehen Sie, das ist die Frage. Wissen Sie, wozu ich mich entschloß?«

Er sah mich an.

»Ich blieb!« sagte er.

»Sie blieben?« fragte ich gähnend. »Die Nacht über? Bei dem Mädchen?«

»Ich bin eine erbärmliche Seele!« sagte er.

»Aber um des Himmels willen! Was dachten Sie sich denn dabei? Waren Sie betrunken?«

»Das auch. Zuletzt. Aber vor allen Dingen bin ich nicht weniger widerwärtig und jämmerlich als andere Menschen, das ist die Sache. Sie war ein Mädchen, deren Geschichte ich kannte. Es war mir eine solche Wollust, zügellos zu sein. Können Sie das begreifen? So blieb ich denn. Und in welch ein Meer von Zügellosigkeit wir versanken!«

Der abscheuliche Cyniker schüttelte den Kopf über sich selber.

»Aber jetzt will ich wieder zu ihr gehen,« fuhr er fort. »Es muß sich noch etwas thun lassen! Hm! Sie meinen, ich sei nicht die geeignete Persönlichkeit dazu? Ich bin vielleicht doch nicht so schlimm wie Sie glauben. Sie denken an die Geschichte von übernacht. Bedenken Sie, wenn ich nicht geblieben wäre, so wäre ein anderer gekommen, und bei einem solchen Tausch würde sie voraussichtlich verloren haben. Wenn sie ihren Umgang wählen könnte, glaube ich, würde sie unfehlbar mich wählen, ich bin rücksichtsvoll und habe Verständnis, ich vergesse auch keinen Augenblick, ihr zu widerstehen. Aber das Sonderbare ist, daß gerade dieser Zug an mir sie reizte. Das sagte sie selber. >Du widerstehst mir so herrlich!< sagte sie. Was soll man einem solchen Mädchen gegenüber anfangen? Und dann muß man auch bedenken, daß sie einzig und allein um der Blumen willen in ihrem Herzen so übel zugerichtet ist. Das war der Anfang. Wäre es erlaubt gewesen, Blumen auf den Gräbern zu pflücken, so wäre sie jetzt ein anständiges Mädchen. Aber da faßten wir sie ab, und ich war dabei behilflich! Ich war dabei behilflich!«

Er schüttelte von neuem den Kopf und versank in Sinnen.

Endlich erwachte er wie aus einem Traum.

»Ich habe Sie gewiß aufgehalten. Ich fühle auch selber, daß ich müde bin. Ahnen Sie, wieviel Uhr es ist?«

Ich wollte meine Uhr herausziehen. Ich hatte sie nicht bei mir, ich hatte sie zu Hause vergessen.

»Danke, es ist auch einerlei,« sagte er und erhob sich, streckte seine Beine und zog seine Beinkleider herunter. »Sehen Sie, da kommt die vornehme Dame zurück, die Trauer ist beendet, das kleine Mädchen trägt keine Blumen mehr. Die Blumen liegen wieder da unten, Rosen und Kamelien; in vier Tagen sind sie verwelkt. Wenn ein kleines Mädchen sich dieser Blumen bemächtigt, um sich ein Paar Schuhe dafür zu kaufen, so glaube ich, es ist kein Unrecht!«

Jetzt sah mich der Mann eine ganze Minute an, trat ganz nahe an mich heran und brach in ein verhaltenes Lachen aus.

»Sehen Sie, solche Geschichten muß man erzählen,« sagte er. »Für die findet man willige Ohren. Tausend Dank, verehrter Zuhörer!«

Er nahm den Hut ab, verbeugte sich und ging.

Ich blieb in einem sehr verdutzten Zustand zurück. Er hatte mich mit einem Schlage in einen Wirbel von Verwirrung versetzt und meinen klaren Verstand ganz umnebelt. Dieses Schwein! Er hatte die Nacht bei dem Mädchen zugebracht! Bei dem Mädchen? Eine verdammte Lügengeschichte! Er hatte mich zum Besten gehabt, seine erschütternde Erzählung war eine Erfindung von einem Ende bis zum andern. Wer aber war denn dieser Erzschelm? Wenn ich ihn noch einmal wieder treffe, so setzt es was! Er hat die Geschichte vielleicht irgendwo gelesen und sie auswendig gelernt, sie gehörte nicht zu den schlechtesten, der Bursche hatte Talent. Hahaha! Weiß Gott, der hat mich an der Nase herumgeführt!

Ich ging in großer Verwirrung nach Hause. Ich suchte nach meiner Uhr. Sie lag nicht auf dem Tisch. Ich schlug mich gegen die Stirn: meine Uhr war gestohlen! Natürlich hatte er meine Uhr gestohlen, als er neben mir saß. Ha! Dieser Schlingel!

Jetzt blieben mir zwei Auswege. Ich konnte eine Anzeige machen und meine Uhr in ein paar Tagen von einem Pfandleiher wiederbekommen. Dann wurde der Bursche auch wohl bald hinterher festgenommen. Oder ich konnte schweigen. Das war der zweite Ausweg.

Ich schwieg.

Vater und Sohn

Eine Spielergeschichte

I

Im letzten Herbst machte ich eine Reise nach dem Süden, weit nach dem Süden hinab, und kam an einem frühen Morgen mit dem Flußdampfer nach dem Dorf D., einem kleinen Dorf, einem sonderbaren Dorf, versteckt und vergessen, einem Dorf mit einem Dutzend Häuser, einer Kirche, einem Posthause und einer Flaggenstange. Der Ort ist Eingeweihten, Abenteurern und Spielern, feinen Leuten und Vagabunden, bekannt, und während einiger Sommermonate des Jahres herrscht in diesem Krähwinkel Leben und großer Umsatz.

Jetzt war Markt im Dorfe, und die Bevölkerung der Umgegend war herbeigekommen; sie trugen Gewänder aus Seide und Pelz mit Gürteln und Schärpen und Geschmeiden, alles nach Stand und Vermögen. Um die Kirche herum standen Reihen von Zelten, wo gekauft und verkauft wurde; eins dieser Zelte war blau, es war das Zelt des Pavo aus Sinvara.

Aber ganz in der Nähe der Kirche, mitten zwischen der Flaggenstange und dem Posthause, lag das Hotel. Das obere Stockwerk war blau, dort verspielten die Spieler ihr Geld.

Man erzählte im Hotel, heute abend würde Pavo ganz sicher kommen. Ich fragte, wer Pavo sei, und man ersah aus dieser Frage, daß ich hier fremd war, sonst kannten alle Pavo. Er war der Mann, der die Bank dreimal gesprengt hatte, sein Vater war der Besitzer des größten Gutes in meilenweitem Umkreis, und Pavo selber hatte bei dem letzten Frühlingsfest sein ganzes Vermögen durchgebracht. Alle Mädchen des Dorfes sprachen von ihm, wenn sie am Abend bei der Pumpe zusammenkamen, und die Frommen beteten für ihn, so oft sie an ihn dachten. Kurz, er war der Spieler und der verlorene Sohn, eine gefallene Größe, ein Ex-Krösus, Pavo aus Sinvara. Er war der Stolz der Stadt und ihre Schande zugleich.

Und mit Pavos Zelt hatte es die Bewandtnis, daß seine gute Mutter das Zelt für ihn gekauft, und ihm das Geschäft eingerichtet hatte, um ihn, wenn möglich noch auf den rechten Weg zu bringen. Es hätte ja auch alles gut gehen können, wenn Pavo nur hätte Ernst machen wollen, aber das mißratene Kind hatte schon in der nämlichen Woche sein Zelt mit der blauen Farbe der Spielbank angestrichen, denn sein Sinn war unverändert. Er spielte auch noch immer. Alles, was er hinter dem Ladentisch verdiente, legte er auf den Roulette-Tisch, und in der Regel verließ er die Bank ärmer, als er gekommen war. Sein Zelt hatte eine gute Kundschaft; er verkaufte viele Sachen, weder die Bauern noch die Dorfbewohner gingen an ihm vorüber, alle wollten mit Pavo aus Sinvara handeln. Und seine Mutter verschaffte ihm immer Waren in Hülle und Fülle, sein Zelt war bis an das Dach vollgepfropft.

Jetzt, heute abend, sollte er kommen. Das ganze Dorf wußte, daß er kommen würde.

II

Die Turmuhr schlug, ich hörte den singenden Schlag, der sich in den übrigen Lärm vom Marktplatz her mischte. Plötzlich klopfte der Hoteldiener an mein Zimmer. Der junge Mann war sehr erregt.

»Denken Sie nur,« sagte er, »der Herr von Sinvara will auch kommen!«

Ich hatte nicht um diese Mitteilung gebeten, und ich sagte zu dem Diener, daß besagter Herr mich nichts angehe. Wer war es? Woher kam er? Der Diener zuckte die Achseln und erklärte, der Herr aus Sinvara sei kein anderer als der vornehmste Herr der ganzen Gegend, der reichste Herr, Fürst Yariws Freund und Pavos leiblicher Vater. Und d e r würde kommen. Im übrigen sei der Zweck seines Kommens wohl nichts weiter, als daß er sich danach umsehen wollte, wie es mit seinem Sohn stünde; er wollte selber dies verfluchte Roulette sehen, das sein Kind ruinierte und dessen Mutter so viel Kummer bereitete.

»Alle diese Nachrichten interessieren mich nicht,« antwortete ich dem Diener. »Dagegen habe ich um Thee gebeten. Adieu!«

Und dann ging der Diener.

Als die Uhr sechs war, entstand große Bewegung im Hotel, der Herr war gekommen. Er ging an der Seite seines Sohnes, Pavo in heller Kleidung, er selber in dunkler. Er war ernsthaft und bestimmt. Die Kirchenglocke läutete, denn schon beim Betreten des Dorfes hatte der Herr der Kirche eine große Summe versprochen, die deren Zukunft völlig sicherte. Er hatte außerdem die Flaggenstange des Posthauses mit einer neuen Flagge bedacht. Aus diesem Grunde war das ganze Dorf in gehobener Stimmung. Die Diener erhielten einen freien Tag, alle Leute waren auf den Straßen, und der Bürgermeister ging in einer funkelnagelneuen Uniform umher.

Der Herr von Sinvara war ein würdiger Mann von einigen sechzig Jahren, ein wenig korpulent, ein wenig blaß und aufgeschwemmt von dem stillen Leben, das er führte, aber mit gewichstem Schnurrbart und jungen Augen; er hatte außerdem eine lustige, aufwärts gebogene Nase. Es war allgemein bekannt, daß er Fürst Yariws Freund war, er hatte zwei hohe Orden, trug sie aber selten, weil sein Auftreten auch ohne diese Dekoration höchst respekteinflößend war. Redete er jemand an, so nahm der Angeredete den Hut ab und antwortete.

Als er ein Glas Wein getrunken hatte, sah er alle die neugierigen Menschen an, die ihn bis an das Hotel begleitet hatten, und er gab ihnen allen etwas. Ein kleines Mädchen rief er sogar aus dem Haufen heraus und schenkte ihr mit eigener Hand ein Goldstück. Aber das Mädchen war nun freilich nicht so übertrieben klein, auch war sie nicht mehr unter sechzehn, siebzehn Jahre alt.

Plötzlich sagt er:

»Wo ist die Bank? Ich will dahin.«

Pavo, der ganz entzückt über den Einfall des Vaters ist, geht vor ihm her die Treppe hinauf. Alle folgen ihnen.

Er wurde dadrinnen mit der größten Aufmerksamkeit empfangen. Das Rad ist in vollem Gange, das Spiel ist sehr lebhaft; ein brünetter Herr, den der Diener Prinz nennt, macht liebenswürdig vor seinem Freund, dem großen Herrn von Sinvara Platz.

Im selben Augenblick ruft der Croupier:

»Dreizehn!«

Er heimst alles Geld ein.

Da lagen Haufen von Silber, viele große goldene Münzen und ganze Packen von Papiergeld auf dem Tisch, alles verschwindet in dem eisernen Schubfach der Bank unter dem Tisch. Und es wird von neuem Geld gesetzt, so stillschweigend und ruhig, als sei nichts geschehen. Und doch bedeutete in Wirklichkeit diese Dreizehn einen großen Coup. Aber niemand spricht, das Spiel geht seinen Gang, das Rad saust herum, wird langsamer, steht still: Wieder dreizehn!

»Dreizehn!« ruft der Croupier abermals und heimst das Geld ein.

Diese beiden Coups haben ihn um viele hundert Goldstücke reicher gemacht, als er war. Und wieder wird gesetzt, der Prinz wirft eine ganze Hand voll Scheine auf den Tisch, ohne sie zu zählen. Niemand spricht, es ist sehr still rings umher, einer der Diener stößt in seiner Erregung ein leeres Weinglas gegen den Tisch, ein feines Klirren ertönt und mischt sich in den dumpfen Laut des Rades, das sich dreht.

»Erkläre mir doch das Spiel,« sagte der Herr von Sinvara.

Und Pavo, der das Spiel aus dem Grunde kennt, teilt ihm alles darüber mit. Der große Mann ist ganz von dem Prinzen in Anspruch genommen. »Er wird sich ruinieren!« behauptet er. Und als sei es sein eigenes Geld, das auf dem Spiel steht, rückt er unruhig auf seinem Stuhl hin und her.

»Der Prinz ruiniert sich keineswegs,« entgegnet Pavo. »Er arbeitet nur mit dem Gewinn des Tages. Der versteht zu spielen.«

Es verhielt sich wirklich so. Der Prinz hatte viel gewonnen; ein Diener stand fortwährend neben seinem Stuhl, um ihm Wasser zu reichen, sein Taschentuch aufzunehmen, wenn er es fallen ließ, ihm alle möglichen Dienste zu leisten, alles in der Hoffnung auf eine gute Belohnung, sobald das Spiel beendet war.

Ein großer, blasser Mann, ein dunkelhaariger Rumänier steht neben ihm. Er spielt ums Leben. Infolge der beiden letzten Dreizehn hat er eine ungeheure Summe verloren, da er eigensinnig auf seine eigene, unglückliche Einzelzahl gehalten hat. Er steht halb hinter dem Herrn von Sinvara und streckt die Hand über dessen Schulter, wenn er seinen Einsatz macht. Sein Arm zittert.

»Der junge Mann ist verloren!« sagt der Herr.

Der Sohn, Pavo, nickt und sagt:

»Verloren!«

»Bitte ihn, aufzuhalten!« fährt der Vater fort. »Sage es ihm von mir. Warte, ich will es selber thun.«

Hierauf entgegnete der Sohn, es sei nicht erlaubt, Ratschläge zu erteilen, »ebenso wenig,« fügt er verschmitzt hinzu, »ebenso wenig, wie es erlaubt ist, nur als Zuschauer hier zu sitzen.«

Der Vater sieht ihn verwundert an. Er begreift nicht, daß in Pavos Herzen schon die Lust rast, sich am Spiel zu beteiligen.

»Hier stehen ja so viele andere, die auch nicht spielen!« wendet er ein.

»Das sind Spieler, die nur darauf warten, daß die Reihe an sie kommt,« lügt Pavo.

Da zieht der Herr von Sinvara mit großer Vorsicht sein Taschenbuch hervor.

»So, spiele!« sagt er, »spiele ein wenig, zeige es mir. Aber ganz niedrig, ungefährlich.«

Gleich darauf aber ergreift er den Arm des Sohnes und verlangt Aufklärung über die sonderbare Zahl dreizehn:

»Warum gewinnt dreizehn jedesmal? Ist das nicht ein Betrug vom Croupier? Sage ihm das doch!«

Er ist gerade im Begriff, sein Taschenbuch wieder einzustecken, als ihm plötzlich ein Gedanke kommt. Er zieht einige Scheine heraus, schiebt sie Pavo hinüber und sagt:

»Setze auf dreizehn!«

Pavo wendet ein:

»Die dreizehn ist zweimal hintereinander herausgekommen.«

Der Vater nickt und entgegnet bestimmt:

»Ja! Setze auf dreizehn!«

Pavo wechselt einen Schein, wirft ein Goldstück auf Nummer dreizehn und lächelt nachsichtig über diese Thorheit.

»Verloren!« sagt der Vater. »Versuche es noch einmal. Setze das Doppelte!«

Pavo machte keine langen Einwendungen. Dies ist zu komisch. Man wechselt die Plätze am Tisch, Pavo setzt einmal nach dem andern die doppelte Summe, und alle wollen den sonderbaren Spieler, den Herrn von Sinvara sehen. Er selber ist schon sehr interessiert, seine lebhaften Augen folgen den Bewegungen des Rades, er rückt auf dem Stuhle hin und her. Er ballt seine etwas fette Hand, an dem einen Finger trägt er zwei kostbare Ringe.

Als der Croupier die Zahl dreiundzwanzig statt der erwünschten dreizehn nennt, ruft er:

»Ei was, setze noch einmal auf dreizehn! Setze hundert!«

»Aber «

»Setze hundert!«

Und Pavo setzt. Das Rad spinnt weiter, der Zeiger rast zwanzig, dreißig Mal über jede Zahl hin, er sucht zwischen allen diesen Chancen, Rot und Schwarz, Gleich und Ungleich, von eins bis siebzehn, von siebzehn bis vierunddreißig, er durchsucht das ganze System, beschnüffelt jede Zahl und bleibt stehen.

»Dreizehn!« ruft der Croupier.

»Nun, Pavo, hatte ich nicht recht?« sagt der Herr von Sinvara. Und er brüstet sich und läßt alle Umherstehenden hören, was er sagt: »Setze noch einmal, setze hundert auf dreizehn!«

»Das kann nicht dein Ernst sein, Vater. Dreizehn kommt wahrscheinlich den ganzen Abend nicht mehr heraus.«

»Setze hundert auf dreizehn!«

»Warum willst du das Geld wegwerfen?«

Der Herr von Sinvara wurde ungeduldig, er machte eine Bewegung, als wollte er dem Sohn das Geld wegnehmen, beherrschte sich aber und sagte:

»Mein Sohn, wenn ich nun die Absicht hätte, die Bank zu sprengen und das abscheuliche Roulette um einer gewissen Ursache willen zu zerstören? Setze hundert auf dreizehn!«

Und Pavo setzte abermals. Er wechselte ein Lächeln mit dem Croupier, und der Rumäne lachte laut auf. Das Pharaospiel am Nebentisch hörte gänzlich auf, aller Aufmerksamkeit war auf das Roulette gelenkt.

»Dreizehn!«

»Was hab' ich gesagt!« rief der Herr von Sinvara. »Da ist das Geld. Wie viel soll hier sein? Zähle es nach!«

Pavo war ganz bestürzt.

»Dies sind drei und halbes tausend,« sagte er ganz geschlagen. »Du hast im ganzen fünftausend gewonnen.«

»Gut, jetzt spiele du! Laß mich sehen, wie du es machst. Setze auf Rot!«

Pavo setzte auf Rot und verlor.

Der Vater nickte und lächelte den Zuschauern zu.

»So also spielst du! Siehst du denn nicht, wohin das führt? Man hat mir erzählt, du habest die Bank dreimal gesprengt, das war gut gemacht. Aber warum hast du alles wieder verloren? Setze auf Gerade!«

»Wieviel?«

»Soviel du willst. Setze sechshundert.«

»Sechshundert ist zu viel.«

»Ich überlege mir eben, ob du nicht noch mehr setzen sollst. Ja, ich will es! Setze zwölfhundert auf Gerade.«

Gerade verlor.

Da erhob der Herr von Sinvara seinen fetten Finger drohend und sagte heftig:

»Geh, Pavo! Hier haben wir um deinetwillen zwölfhundert verloren. Jetzt entferne dich. Ich wünsche es.«

Und Pavo ging. Ich folgte ihm. Er lachte, lachte wie ein Besessener. Ob ich jemals so ein Spiel gesehen hätte? »Er sitzt da und gewinnt Tausende allein auf Grund seiner Dummheit. Gott halte seine Hand gnädig über ihm. Welch ein Einfall von dem guten Mann, Roulette spielen zu wollen!«

Pavo redete alle an, die er traf und erklärte ihnen unter lautem Lachen, was für einen Einfall der Vater gehabt habe.

Späterhin am Abend hörte ich, der Herr von Sinvara habe neuntausend verloren, ehe er die Bank verließ.

III

Es war zehn Uhr. Ich saß auf dem Balkon des Hotels und rauchte in Gesellschaft des Russen Iljitsch eine Papyrus nach der anderen. Plötzlich ruft der Hoteldiener zu uns herauf, der Herr von Sinvara habe eben nach seinem Sohn geschickt. Ich war gerade im Begriff, ihm einen Verweis wegen seiner Zudringlichkeit zu erteilen, der Russe aber hielt mich zurück. Er war neugierig geworden.

»Geben Sie acht,« sagte er. »Wir wollen doch sehen, was jetzt kommt. Er schickt zu nächtlicher Stunde nach Pavo!«

Wir saßen eine Weile und rauchten schweigend. Pavo kommt. Der Vater geht ihm bis vor die Hoteltreppe entgegen.

»Hör' einmal,« sagt er. »Ich habe neuntausend bei dem verfluchten Roulette verloren. Ich war schon zu Bett gegangen, aber ich konnte nicht einschlafen. Dies Geld peinigt mich, es war genau die Summe, die ich der Kirche gelobt hatte. Ich muß sie zurückgewinnen. Ich finde keine Ruhe, bis ich dies Geld wieder in Händen habe. Ich muß nach der Bank zurück.«

Pavo steht stumm da.

Selbst Pavo, der gewiegte Spieler ist starr vor Staunen. Er sagt kein Wort.

»Was stehst du da!« ruft der Vater aus. »Das Spiel hört ja nicht vor Mitternacht auf, wir haben noch zwei ganze Stunden. Laß uns keine Zeit verlieren.«

Und von dannen ging es.

»Kommen Sie!« sagte der Russe zu mir. »Lassen Sie uns hineingehen. Dort wird sich etwas ereignen.«

Das Spiel war aufgeregter denn je. Wie immer, wenn Mitternacht naht, wurden größere Summen als zu Anfang des Abends gewagt. Der Prinz sitzt noch immer finster und ruhig auf seinem Platz, setzt Geld und gewinnt. Es lagen wohl sechzigtausend vor ihm auf dem Tisch. Er operiert gleichzeitig mit drei Chancen, besorgt alles mit der größten Ruhe, setzt Hände voll Geld, ohne es jedoch zu zählen. Nichts stört ihn, nicht einmal der bleiche, rasende Rumäne, der, nachdem er Dreiviertelstunden regelmäßig und bescheiden gewonnen hat, wieder anfängt zu verlieren. Auch er stapelt sein Geld auf und versucht in jedem freien Augenblick, es zu zählen, es in Haufen zu je eintausend zusammen zu legen, um einen Überblick über den Bestand zu behalten; aber er ist zu unruhig, seine Hände zittern, er muß auch die ganze Zeit hindurch das Rad beobachten, und er giebt es schließlich auf zu zählen. Wie dumm er es macht! Er spielt im Quadrat, belegt vier Nummern, hält ununterbrochen diese Zahlen wie ein trotziges Kind, das nichts aufgeben will. Er würde vielleicht lieber ohne einen roten Heller vom Tische gehen, als diese Chance aufgeben.

Der Prinz wirft einen Blick auf die Thür, als Vater und Sohn wieder eintreten, er macht auch neben sich Platz. Dann setzt er das Spiel kühl und finster fort, völlig kaltblütig. Er scheint sich eines großen Respekts bei den Spielern zu erfreuen.

»Pavo!« sagt der Herr von Sinvara, »du spielst wie gewöhnlich, was du selber willst. Hier ist Geld. Nicht wahr, du hast am meisten Glück mit Rot, setze also auf Rot.«

Pavo erkundigt sich bei seinem Nachbar, einem alten Militär mit einem Arm, und dieser teilt ihm mit, daß Rot sieben Mal hintereinander herausgekommen ist. Deshalb setzt Pavo auf Schwarz.

»Gerade vierundzwanzig siebzehn zu vierunddreißig Rot!« meldet der Croupier und streicht das Geld ein.

»Du fängst schlecht an, Pavo, setze aber doch nach deinem Kopf,« sagt der Herr von Sinvara enttäuscht. »Wie oft soll ich es sagen? Glaubst du, daß ich das Geld in Scheffeln habe? Jetzt setzest du auf Rot!«

Aber Rot verlor. Endlich nach acht Malen kam Rot an die Reihe, traf das Kreuz des Rumänen und brachte ihn wieder auf die Beine. Rasend über sein Unglück, zur Verwegenheit getrieben, hatte er diesmal eine kolossale Summe auf seine vier Zahlen geworfen, und von Trotz verfärbt, war es ihm im Augenblick gleichgültig, ob er gewann oder verlor. Als das Rad stillstand und der Zeiger auf einer von seinen vier Zahlen liegen blieb, rief er instinktmäßig den Diener, der hinter dem Stuhl des Prinzen stand und gab ihm, ohne ein Wort zu sagen, einen Schein. Dann setzte er von neuem mit zitternden Händen.

»Pavo!« sagt der Vater wieder, »du hast nun abermals verloren. Du hast gar keinGlück. Ich lasse dich mein Geld durchbringen, und ich thue es um deiner selbst willen. Diese Nacht will ich dich bessern. Pavo, hast du mich verstanden?«

Und der durchtriebene Pavo versteht ihn sehr wohl. Er weiß, daß sein guter Vater schon von dem Rausch des Spiels erfaßt ist, und selbst wenn er verliert, ist es ihm doch eine Lust, teilzunehmen. Er durchlebt so heftig wie nur irgend jemand die Qualen des Spiels, bei den großen Chancen stockt sein Blut, er hört seinen eigenen Atem. Ach, das alles versteht Pavo nur zu gut!

Plötzlich wird er nachdenklich, er wird aufmerksam, geistesabwesend. Der Croupier macht ihn darauf aufmerksam, daß er der hochverehrte Spieler gegen sich selber spielt, und er wundert sich in seinem stillen Sinn über Pavo. Ich selber werde darauf aufmerksam, daß Pavo einmal über das andere Geld zurücknimmt, das er bereits gesetzt hat, gleichsam um es zu retten, ehe das Rad stillsteht. Ist er vernünftig geworden? Fürchtet er das Unglück?

Der Russe aber führt mich an ein Sofa am Ende des Saales und fängt an über Pavo zu reden. Ob ich nicht bemerkt habe, daß er plötzlich sein Spiel veränderte? Ach, Pavo war im Grunde klug wie ein Teufel, er verstand sich auf so viel. Der Russe zeigte zu Vater und Sohn hinüber und sagte:

»Von den beiden ist der Sohn am geringsten besessen. Pavo hat schon gemerkt, daß die Spielsucht seinen Vater gepackt hat, er will ihn zurückhalten. Es ist sehr komisch, aber er will wirklich versuchen, den Alten zurückzuhalten. Nicht wahr, das ist brillant? Es kann Pavo nicht gleichgültig sein, ob sich der Vater ruiniert.«

Wir sitzen dort im Sofa. Am Roulette geht etwas Ungewöhnliches vor sich, alle haben den Herrn von Sinvara und seinen Sohn umringt. Das Pharaospiel hat aufgehört, selbst die drei Bergbauern in den großen, grauen Mänteln mit den Metallgürteln und die alten Zeltkrämer, die unten an der Thür gesessen und unter sich um Weinkannen gespielt haben, stehen auf und mischen sich unter die Menge am Roulettetisch. Wir gehen auch dahin.

»Geben Sie jetzt acht!« sagt der Russe. Er ist sehr erregt.

Der Herr von Sinvara hatte wieder angefangen mit Nummer dreizehn zu operieren. Er hatte in seinem Eifer selbst das Geld übernommen und den Einsatz persönlich besorgt. Seine fetten Hände wühlten in den Scheinen, zitternd, suchend, das schmutzige Papier umkrallend, eifrig bemüht, es zu zählen und in Haufen zu ordnen. Er spricht nicht und Pavo sitzt schweigend an seiner Seite. Seine Miene ist sehr finster.

»Dreizehn!« meldet der Croupier.

Der Herr von Sinvara zuckt zusammen, und selbst Pavo sieht ganz blödsinnig aus. Welch Glück heftete sich doch an dies sinnlose Spiel! Der letzte Coup bricht eine große Lücke in die Bank. Der Croupier zahlt die Summe mit ruhigen Bewegungen aus. Diesen Mann setzt nichts mehr in Erstaunen, er hat alle Launen des Hazards gesehen, hat die verzweifeltsten Dinge erlebt. Der Prinz bleibt einen Augenblick fassungslos stehen, gleich darauf packt er all sein Geld zusammen, scheidet das Geld von dem Papier und stopft alles in seine Taschen. Er verlangt ein Glas Wein, das er in einem Zuge austrinkt, dann steht er auf und schließt mit dem Spiel ab. Beim Hinausgehen verteilt er Scheine nach rechts und links, an alle Diener, die ihm in den Weg kommen.

Der Herr von Sinvara aber stößt seinen Sohn gegen den Arm und sieht ihn mit fieberglühenden Augen an.

»Siehst du. Siehst du wohl! Willst du mich spielen lehren? Ich spiele euch doch alle unter den Tisch!«

Und er lacht kurz und laut auf, zu den erstaunten Zuschauern gewendet. Entzückt über sein Glück wirft er noch eine Summe auf die dreizehn.

»Laß das da stehen,« sagt er, »laß das Geld nur da liegen, sage ich. Dreizehn ist ja doch eine sonderbare Zahl.«

Der Croupier aber holt sein Geld mit der Harke weg. Er thut es zögernd, er hätte gewiß gern gesehen, daß die dreizehn noch einmal herausgekommen wäre, um den reichen Spieler zu ermuntern, der ja doch früher oder später seine Beute werden muß.

Nach vier vergeblichen Versuchen mit der dreizehn geht dem Herrn von Sinvara die Geduld aus. Er redet heftig auf den Sohn ein.

»Ich sage dir, Pavo, ich setze nicht mehr auf dreizehn. Ich habe auf dieser dummen Zahl genug verloren.«

Er wird immer gereizter, ein Diener mit knarrenden Schuhen wird gebeten, seiner Wege zu gehen, der Rumäne erhält einen bitterbösen Blick, als er einmal versäumt, seinen Gewinn einzuziehen und dadurch das Spiel verzögert. Der Herr von Sinvara fängt auch an, sich über alle die Zuschauer zu beklagen, die ihn fortwährend umstehen. Haben die denn gar nichts weiter zu thun? Er winkt das junge Mädchen aus der Menge heran und sagte:

»Habe ich d i r nicht vorhin das Goldstück gegeben?«

Das Mädchen errötet und macht einen tiefen Knix.

»Ja, Herr!« antwortet sie.

»Aber warum gehst du denn nicht weg, mein Kind?«

Ihr kleiner roter Mund bewegte sich, aber sie schwieg und schlug die Augen nieder. Der Herr von Sinvara sah sie genauer an und reichte ihr noch ein Goldstück.

»Hier, nimm das! Komm nach dem Spiel, nach Mitternacht zu mir!«

Das kleine Mädchen erglühte über das ganze Gesicht und knixte voller Ehrfurcht. Dann zog sie sich aus der Menge zurück, lächelte allen zu und ging.

Der Herr von Sinvara wandte sich wieder dem Spiel zu.

»Jetzt sind hier Fliegen an den Fenstern,« sagte er. »Hier ist so viel, was stört. Jagt die Fliegen hinaus!«

Sein Geld schwand stark hin. Der Rumäne hatte Glück. Der Herr von Sinvara beobachtete das Glück mit großem Unwillen.

»Siehst du denn nicht, daß ich nur noch ein paar elende Scheine habe?« sagte er zu Pavo. »Aber ich gebe es nicht auf, ich verliere alles. So, jetzt setze ich tausend auf Rot, vielleicht ist das meine Farbe.«

Rot gewann.

»Vielleicht hat Rot wirklich Glück. Ich setze noch einmal. Es ist ein Versuch.«

Rot verlor.

Da war die Geduld des Herrn von Sinvara erschöpft.

»Geh!« schrie er dem Sohn an seiner Seite zu. »Du bringst mir Unglück! Kannst du denn nicht sehen, daß du mich ruinierst? Ich muß Revanche haben, ich will mein Geld wieder haben!« Im selben Augenblick fiel ihm aber ein, welche Rolle er spielen wollte, und er fügte hinzu: »Da siehst du, was ich dir zuliebe thue. Ich will dich bessern.«

»Ich bin belehrt!« murmelte Pavo.

»Schweig! du bist nicht belehrt. Du fällst wieder zurück. Ich tue das alles um deinetwillen. Jetzt mach, daß du fortkommst.«

Und Pavo erhob sich und ging.

IV

Es war fast zwölf Uhr.

Ein Spieler nach dem andern erhob sich vom Roulettetisch, nur der Rumäne und der einarmige Militär hielten noch stand. Der weißbärtige Krieger spielte sehr vorsichtig, setzte einen kleinen Schein, spielte brutal um kleine Münze und gewann. Er hatte fortwährend Glück, aber sein Glück machte ihn nicht kühner.

Der Herr von Sinvara operierte auf ganz andere Weise, bei dem geringsten Glücksfall wurde er dummdreist. Er hatte vielleicht alles in allem noch gut tausend übrig, als Pavo ihn verließ. In zwei Zügen hatte er darauf sechshundert gewonnen, die er sofort einsetzte und verlor. Im Grunde schien der Herr beklagenswert und er erregte auch die Sympathie der Umherstehenden. Der Prinz, der als Zuschauer in den Saal zurückgekehrt war, holte eigenhändig ein großes Glas Wein für den Herrn von Sinvara.

»Sie haben Unglück!« sagte der Prinz. »Halten Sie für heute abend auf.«

Der Prinz setzte sich über die Regeln hinweg und erteilte diesen Rat mit lauter Stimme. Der Herr von Sinvara antwortete nicht, er sah nur auf, geistesabwesend, ganz vom Spiel in Anspruch genommen, und trank den Wein schweigend aus.

Und plötzlich schien das Glück sich ihm zuwenden zu wollen, er gewann dreimal, Schlag auf Schlag.

»So müssen Sie spielen,« sagt er munter und liebenswürdig zu dem alten Militär. Dieser aber hörte nichts, er ist so in Anspruch genommen von seinem Spiel um den herkömmlichen kleinen Schein. Der Rumäne beobachtet aufmerksam die nervöse Erregung, in der sich der Herr von Sinvara befindet, er wechselt einen Blick mit dem Croupier und zieht seinen letzten Gewinn ein. Auch er beschließt das Spiel.

Der Herr von Sinvara ist jetzt ganz blank. Sein Geld beläuft sich auf ein paar hundert, die setzt er auf Schwarz und verliert. Er sieht verwirrt um sich. Er ist sehr blaß geworden.

»Zum Teufel mit der schwarzen Farbe!« rast er.

Dann besinnt er sich einen Augenblick. Der Croupier läßt ihn nicht aus den Augen; mechanisch bezahlt er dem alten Krieger seinen Schein, mag er gewinnen oder nicht. Der Herr von Sinvara sitzt noch immer regungslos da, er scheint zu überlegen. Warum geht er denn nicht? Er zieht seine beiden Ringe vom Finger, einen nach dem andern, und reicht sie über das Rad hinweg dem Croupier hin. Dieser wirft einen Blick darauf, legt sie ruhig in sein eisernes Schubfach zu anderen Ringen und reicht dem Herrn von Sinvara dreitausend in Gold. Niemand spricht ein Wort. Er hält die schweren Rollen eine ganze Minute in der Hand, er zittert am ganzen Leibe. Plötzlich macht er eine heftige Bewegung, er erhebt sich halb vom Stuhl und setzt die Rollen eine nach der andern auf Schwarz. Die Goldstücke klirren dumpf in den Papierhüllen.

Das Rad dreht sich herum, es saust so leicht und lautlos, zögert bald bei dieser, bald bei jener Zahl, hält endlich an.

»Rot!«

Der Herr von Sinvara springt auf. Er greift sich mit beiden Händen an den Kopf und schreit, stößt einen Ruf aus und verläßt den Tisch.

V

Am nächsten Morgen konnte die Klatschbase von Hoteldiener mir erzählen, daß der Herr von Sinvara am vorhergehenden Abend vierundfünfzigtausend beim Roulette verloren habe. Pavo dahingegen war in sein Zelt zurückgekehrt, er, der Diener, habe ihn bei der Pumpe getroffen, er sei barhäuptig dort gegangen und habe laut mit sich selber geschwatzt oder gepredigt. Übrigens könne kein Priester so predigen wie Pavo, wenn ihm das in den Sinn kam. »Fliehe das Verderben!« hatte er einmal über das andere ausgerufen. »Wende dem Versucher den Rücken! Gieb ihm deinen Finger und er nimmt dein Herz. Bist du so tief gesunken, daß ich dein verlorener Sohn dich warnen muß?«

Pavo hatte wirklich sehr eindringlich geredet, der Diener meinte, er habe sich die Rede eingeübt, die er dem Vater heute morgen halten wollte.

Der durchtriebene Diener steckte seine Nase in alles und wußte überall Bescheid.

»Sie wollen heute abreisen?« sagte er zu mir.

Ich hatte kein Wort davon im Hotel gesagt und auch nicht um meine Rechnung gebeten.

»Woher weißt du das?« fragte ich.

»Ich weiß es nicht,« antwortete er. »Sie haben aber die Nachsendung ihrer Briefe im Posthaus bestellt, und Sie haben auch einen Wagen um fünf Uhr nach dem Dampfer bestellt.«

Sogar dies hatte er herausgeschnüffelt! Ich hatte ein Gefühl, als würde ich von diesem klugen Menschen ausspioniert und ich fühlte mich sehr von ihm abgestoßen. Ein heftiger Zorn erfaßte mich, ich konnte seinen unverschämten Blick nicht ertragen; er hatte ein paar Augen, die mich durchschauerten wie ein eisiger Zugwind.

»Mach, daß du wegkommst, du Hund!« sagte ich.

Er stand ganz still. Der unverschämte Mensch rührte sich nicht vom Fleck. Er hielt die beiden Hände hinter seinem Rücken. Woran dachte er, und was machte er mit den beiden Händen auf dem Rücken? Hatte er irgend etwas vor?

»Was Sie eben sagten, thut mir sehr leid,« sagte er endlich. Weiter sagte er nichts, aber er starrte mich unverwandt an. Ich trete hinter seinen Rücken, um ausfindig zu machen, was er vorhatte. Er hatte nichts in den Händen, er hielt sie gefaltet und rang sie heftig. Ich trete wieder vor ihn hin. Seine Schultern beben und seine Augen haben sich mit Thränen gefüllt. Ich bereue, ihn ausgescholten zu haben, und ich bin im Begriff, es wieder gut zu machen, als er plötzlich eine Bewegung auf mich zu macht, ein seltsamer Gegenstand blitzt in seiner Hand, ein lächerlich aussehender Thürschlüssel mit zwei Bärten. Er hebt ihn in die Höhe und trifft mein rechtes Handgelenk. Meine Hand sinkt herab, der dumpfe Schlag hat sie lahm gemacht. Ich bin ganz starr über seine Frechheit, ich kann kein Wort sagen und stehe regungslos auf demselben Fleck. Er legt seine Hände wieder auf den Rücken. Nach einer Weile gehe ich an ihm vorüber, auf die Thür zu.

»Sie glauben, daß ich Sie noch einmal schlagen will,« sagt er. »Aber das brauchen Sie nicht zu glauben. Gott bewahre!«

Ich öffne die Thür mit der linken Hand und erwidere kühl:

»Geh und hole meine Rechnung!«

Der Diener verneigt sich tief vor mir und geht. Ich höre ihn laut schluchzen, als er zur Thür hinaus ist.

Ich reiste an jenem Tage nicht; meine Hand schmerzte zu heftig, und ich fühlte mich ziemlich krank. In meinem Handgelenk befanden sich zwei tiefe Löcher. Löcher von blutunterlaufenem, zerquetschtem Fleisch. Die Adern schwellen bis an die Schulter hinauf an. Welche Rohcit von einem Diener! Er schien indessen seinen Überfall sofort zu bereuen, er brachte mir Spiritus für den Arm und legte mir einen Verband um die Wunde; jetzt hinterher konnte niemand behilflicher sein als er. Er sorgte auch dafür, daß in den Nebenzimmern alles still war, nachdem ich mich am Abend zur Ruhe begeben hatte, und dies that er ganz aus eigenem Antrieb. Einen Haufen betrunkener Bauern, die gegen ein Uhr des Nachts vor meinen Fenstern stehen blieben und sangen, jagte er wütend weg. Ich hörte, wie er ihnen Vorwürfe machte, weil sie die nächtliche Ruhe eines kranken, vornehmen Herrn störten, eines Fürsten, der sein Handgelenk verletzt habe.

Am nächsten Tage schellte ich zweimal, ohne daß er kam. Ich war in gereizter Stimmung und sehr krank, ich zog heftig an der Glocke und schellte noch einmal. Endlich sah ich ihn die Straße heraufkommen. Er war ausgewesen. Als er in mein Zimmer kam, konnte ich mich nicht enthalten zu sagen:

»Ich habe eine Viertelstunde geschellt. Ich will gern das Doppelte bezahlen, wenn Sie glauben, daß Sie es verdienen. Bringen Sie mir Thee.«

Ich sah, wie wehe meine Worte ihm thaten. Er erwiderte nichts, sondern eilte hinaus, um den Thee zu holen. Ich wurde plötzlich ganz gerührt durch seine Geduld und Demut; er hatte vielleicht nie im Leben ein freundliches Wort erhalten, jetzt war ich auch unbillig gewesen. Ich wollte mein Unrecht gleich wieder gut machen. Deswegen sagte ich, als er zurückkam:

»Verzeih mir! Ich werde nie so etwas wieder sagen. Ich bin heute auch krank.«

Er schien sehr erfreut über meine Freundlichkeit zu sein und entgegnete:

»Ich mußte vorhin fortgehen. Ich versichere Sie, daß es eine ganz notwendige Besorgung war.«

Aber durch meine Freundlichkeit ermuntert, kam sofort die alte Geschwätzigkeit wieder zum Vorschein. Er steckte voller Geschichten und war bereit, mir allerlei aufgespürte Geschichten über Dinge und Leute im Hotel zu erzählen.

»Wenn ich es Ihnen erzählen darf,« sagte er, »so hat der Herr von Sinvara in diesem Augenblick einen Mann nach Hause geschickt, um Geld zu holen, viel Geld. Pavo meint, er werde sich am Roulette ruinieren. Seine Ringe hat er noch nicht wieder eingelöst.«

»Es ist gut!« sagte ich.

»Und das kleine Mädchen, das Sie gestern sahen, ist übernacht bei ihm gewesen. Sie ist aus den Bergen, sie hat sich eine solche Erhöhung sicher nicht träumen lassen. Selbst ihr Vater wollte es nicht glauben.«

Gegen Abend saß ich wieder draußen auf dem Balkon und beobachtete den Verkehr unten auf dem Marktplatz. Ich trug die Hand in der Binde. Der Russe lag auf einer Bank neben mir und las in einem Buch. Plötzlich sah er zu mir auf und fragte, ob ich wisse, daß der Herr von Sinvara einen Kurier abgesandt habe, um mehr Geld holen zu lassen. Er habe am Vormittag auch eine Zusammenkunft mit Pavo gehabt. Pavo habe ihm eine Standrede gehalten und der Vater habe ihm recht geben müssen. Aber er wolle sich nichts sagen lassen, er behaupte, er wolle wenigstens sein Geld wieder haben. Ob man sich einbilde, daß er diesem Komplott von Räubern alles in allem dreiundsechzigtausend in blankem Golde überlassen wolle? Dann irre man sich sehr. Er wolle übrigens nicht allein spielen, um nur seinen Verlust wieder zu ersetzen. Die guten Leute, die ihn so bedauert hatten, als er seine Ringe verloren habe, sollten nur wissen, daß er dem ersten besten Bettler einen solchen Ring an jeden Finger schenken könne, ohne dadurch arm zu werden.

»Und das ist wahr,« sagte der Russe, »er ist schon ein so eingefleischter Spieler, daß es ihm nicht in erster Linie um seinen Verlust zu thun ist. Was ihn jetzt anzieht, ist der Reiz, die Spannung, die Qual, diese wilden Erregungen des Blutes.«

»Und Pavo? Was hat denn Pavo dazu gesagt?«

»Fliehe das Verderben!« hatte Pavo gesagt. »Richte dich wieder auf, Mensch! Nimm dir ein Beispiel an mir!«

Pavo hatte eindringlich geredet, seine Stimme war traurig gewesen, und von Zeit zu Zeit hatte er sogar zum Himmel emporgezeigt. Es war ein köstlicher Anblick gewesen, diesen abgefeimten jungen Sünder eine Tugend heucheln zu sehen, deren er längst verlustig war. Er war frech genug, dem Vater die ernsteste Ermahnungsrede zu halten. Der Vater hatte behauptet, er spiele nur um des Sohnes willen, er wollte diesen von dem Laster erretten, und zu dem Zweck würde er nicht sparen. Da war Pavo heftig geworden: er habe sein ganzes Leben lang seine Selbstachtung bewahrt, der Vater dahingegen habe seine Ringe verspielt, seine Kleinodien in aller Beisein verpfändet. Er, Pavo, habe seine Würde aufrecht erhalten, er habe nie eine Anleihe auf sein Zelt gemacht, das stehe unberührt da, er besorge immer sein Geschäft. Schließlich habe Pavo dem Alten mit Fürst Yariw gedroht.

»Schweig!« sagte der Vater. »Ich habe mir selber gelobt, dir die Folgen deiner Ausschweifungen zu zeigen, und das werde ich thun. Leb wohl, Pavo!«

Und Pavo hatte gehen müssen. Aber er war direkt von dem Vater in die Spielhölle gegangen.

»Glauben Sie denn nicht, daß es wirklich die Absicht des Vaters ist, Pavo auf diese Weise wieder auf den rechten Weg zu bringen?« fragte ich den Russen.

Er schüttelte den Kopf.

»Vielleicht. Aber das wird ihm nicht gelingen. Außerdem ist der Alte ebenso darauf versessen wie der Junge.«

Jetzt sprachen alle von dem Herrn von Sinvara und seinem Spiel. Das sei ihm ganz einerlei, meinte er, und er trug den Kopf noch höher als bisher und machte ein fröhliches Gesicht. Hin und wieder ließ er sich zu einem Scherz mit seiner Umgebung herab.

»Sie sehen meine Hände an,« sagte er. »Ach ja, ich bin sehr arm geworden, sogar meine Ringe habe ich verspielt! Hahaha!«

Er ging nicht mehr in die Bank, jetzt wo er kein Geld mehr hatte, aber er ließ sich von den Dienern über den Gang des Spieles berichten, wer verlor und wer gewann, wieviel gewagt wurde, wer am kühnsten spielte. Der Russe kam am nächsten Tage und erzählte mir, der Herr von Sinvara habe drei Stunden lang zu Gott um Glück gefleht; er wolle nur das verlorene Geld wieder haben, dann wolle er auch aufhalten. Er habe Gott das mit lauter Stimme gelobt und sogar dabei geweint. Der Russe hatte das von dem Hoteldiener gehört, der durch das Schlüsselloch geguckt hatte.

VI

Es vergingen drei Tage. Meine Hand schmerzte nicht mehr, ich hatte beschlossen, am Abend abzureisen. Ich ging in die Stadt, um einige Angelegenheiten zu ordnen, unter anderem war ich auf der Polizei, um meinen Paß unterschreiben zu lassen. Auf dem Rückwege kam ich an Pavos Zelt vorüber. Ich fing schließlich gegen meinen Willen an, Interesse für diesen Mann und seinen Vater zu fassen. Alle Leute sprachen von ihnen, das ganze Hotel war voll von Geschichten über diese beiden Menschen, ich konnte schließlich nicht mehr umhin, ebensoviel wie die anderen an sie zu denken und jeden Tag nach dem Herrn zu fragen.

Ich ging in Pavos Zelt. Am vorhergehenden Abend hatte ich gehört, daß er eine große Summe im Pharao gewonnen habe. Er hatte einen fremden Reisenden seiner ganzen Barschaft beraubt, und ihm dann hinterher ein paar Hundert geschenkt, dann hatte er sich dem Roulette zugewandt, stets vom Glück begleitet, und die Bank um ein ganzes Vermögen geschädigt.

»Denken Sie nur,« sagte Pavo zu mir, sobald ich sein Zelt betrat, »denken Sie nur, der Herr von Sinvara, mein Vater, ist eben hier gewesen, um sich Geld zu leihen! Er wollte seine Ringe einlösen. Es fällt mir natürlich nicht im Traum ein, eine solche Dummheit zu begehen. Mein Vater ist sehr gut und es that mir leid, ihm diesen Liebesdienst abschlagen zu müssen. Aber ich habe es um seiner selbst willen gethan. Ein Sohn muß für die Ehre der Familie sorgen. Es muß meinem Vater klar werden, wohin es führt, wenn man sich in Thorheiten stürzt. Ich finde, daß ich ganz richtig gehandelt habe. Wie denken Sie darüber?«

Sein Äußeres stieß mich diesen Augenblick zurück. Er war selbstbewußt und sicher geworden durch das ungeheure Glück des vorhergehenden Abends, das seine Taschen wieder mit Geld gefüllt hatte. Während er sprach, senkte er die Stirn, verbarg sie, tauchte sie unter, als sei sie gebrandmarkt, und seine Augen logen so sonderbar, sobald er sie aufschlug. Aber er hatte den schönsten Hals, den man sich denken konnte, und einen feinen, roten Mund.

»Wie denken Sie darüber?« wiederholte er.

57/61

»Ich habe kein Urteil darüber,« entgegnete ich.

»Das heißt,« murmelte er wütend, »Sie verstehen die Rede eines vernünftigen Mannes nicht.«

Er zuckte heftig die Achseln und lief vor seinem Ladentisch auf und nieder. Dann stand er still und fragte:

»Womit kann ich Ihnen übrigens dienen, da Sie sich die Mühe gemacht haben, mich aufzusuchen?«

Ich nannte allerlei, was mir gerade einfiel, wofür ich aber im Grunde keine Verwendung hatte. Als ich das Gewünschte erhalten hatte, entfernte ich mich wieder.

Kaum war ich ins Hotel zurückgekehrt, als der Diener auf mich zustürzte und mir erzählte, der Kurier des Herrn von Sinvara sei mit Geld angelangt. Jetzt säße er da, bereit, das Spiel von neuem zu beginnen, sobald die Bank geöffnet werde. Pavo wisse nichts davon. Pavo solle nichts wissen, er, der Diener, habe ausdrücklich eine Bezahlung dafür erhalten, daß er nicht hinlief und es Pavo erzählte.

Die Uhr wurde fünf.

Sobald der Spielsaal geöffnet wurde, begab sich der Herr von Sinvara dorthin. Er war in erregter Stimmung, er machte die eigentümlichsten Handbewegungen, als versichere er etwas, als gelobe er etwas.

Der Prinz und der alte Militär waren auch zugegen, der Rumäne hingegen nicht, einpaar Fremde fingen auch an zu spielen. Zuerst löste der Herr von Sinvara seine Ringe aus.

»Ich werde heute abend mit den höchst zulässigen Summen operieren,« sagte er zu dem Croupier, ohne ihn aber anzusehen. Seine Miene war von jetzt an kühl und vornehm.

»Möchte Ihr guter Stern Ihnen Glück schenken,« sagte der Croupier, indem er sich verneigte.

Das Spiel begann.

Der Herr von Sinvara sah entschlossen aus. Er setzte dreimal hintereinander auf Rot und gewann. Dann steckte er sein eigenes Geld in die Tasche und spielte von nun an nur mit dem Gewinn. Er macht ein paar Mal den Versuch mit dreizehn, verliert aber, der Wechsel des Glückes reizt ihn, er setzt noch ein paar Mal auf Rot und gewinnt. Jetzt hat er eine beträchtliche Summe vor sich auf dem Tisch liegen, er spielt ohne Berechnung, ohne Überlegung, er wagt kühn, und um keine Zeit zu verlieren, bereitet er sich schon, ehe das Rad still steht, auf den nächsten Einsatz vor. Er zählt auch nicht, er spielt in Ekstase. Seine Augen fallen auf ein schwarzes Quadrat auf dem Tisch, und er setzt eine große Summe auf dies Quadrat.

Schwarz gewinnt. Er gewinnt jetzt unaufhaltsam. Dieses schwarze Quadrat wird eine Goldgrube, aus der er Schätze schöpft, und er nutzt sie aus. Plötzlich besinnt er sich, er hält einen Augenblick inne, er atmet tief auf. Das Rad dreht sich herum, aber der Herr von Sinvara vergißt, seinen Einsatz zu machen, er atmet noch immer tief auf. Sein kleines Mädchen kommt herein. Lächelnd und rosig nähert sie sich ihm. Er bemerkt sie und winkt ihr ab.

»Siehst du, du kommst, und ich vergaß zu setzen!« sagt er. Im nächsten Augenblick winkt er sie wieder heran. Das Rad ist stehen geblieben, der Zeiger steht auf Rot, und es war das Glück des Herrn von Sinvara, daß er es diesmal unterlassen hat, auf das schwarze Viereck zu setzen. Er legt einen seiner kostbaren Ringe in die Hand des kleinen Mädchens und flüstert ihr etwas zu.

Und das kleine Mädchen wird dunkelrot, schlingt die Arme um ihren eigenen Hals und läuft aus dem Saal hinaus.

Aber der Herr von Sinvara setzt das Spiel fort, dummdreist, völlig mechanisch. Er nimmt mehrere Hände voll Geld, viele schwere Rollen und setzt sie auf Rot. Gleich darauf erfaßt ihn eine schreckliche Unsicherheit, er macht eine ängstliche Bewegung mit der Hand, als wolle er die Summe wieder zurückziehen, beherrscht sich aber und läßt sie stehen.

Das Rad hält an.

»Rot!«

»Rot!« wiederholt der Herr von Sinvara. Und er lächelt den Umstehenden wieder triumphierend zu und spricht laut: »Wieder Rot! Ja, ich hatte eine Ahnung davon!«

Von diesem Augenblick an verliert er die Besinnung. Die Uhr wird zehn, mehrere Fremde kommen herein, die eigentlichen Spieler, deren Stunde erst jetzt mit diesem Glockenschlag beginnt. Unter ihnen befindet sich der Rumäne. Ich vergaß meine Reise und rührte mich nicht vom Fleck, ich folgte den Operationen des Herrn von Sinvara mit der größten Spannung. Er selber merkte nichts von allen den neuen Menschen, die ihn umgaben, er ahnte kaum, daß er Mitspieler am Tische hatte. Sein Glück halluciniert ihn, und er arbeitet mit großen Summen auf mehreren Nummern zu gleicher Zeit. Eine Laune, eine plötzliche Eingebung, veranlaßt ihn, eine Hand voll Geld zu nehmen und den höchsten Einsatz auf fünfundzwanzig zu setzen. Drei von den Spielern folgen seinem Beispiel, alle um ihn her flüstern und warten.

»Dreizehn!«

Verloren. Der Rumäne knirscht die Zähne vor Verzweiflung. Der Herr von Sinvara hat einen neuen Einfall. Er richtet sich halb auf seinem Stuhl auf und setzt die höchste Summe auf Null. Niemand folgt ihm mehr, dies verzweifelte Spiel schreckt alle zurück.

»Null!«

In dem Getöse, das jetzt entstand, hörte ich den Rumänen fürchterlich fluchen. Gleich darauf kam Pavo zur Thür herein, von dem Hoteldiener gefolgt, der ihn doch benachrichtigt hatte. Pavo ging gleich auf den Stuhl des Vaters zu; ohne etwas zu sagen, packte er ihn bei der Schulter und schüttelte ihn.

Er sah auf, erkannte den Sohn und ergab sich sofort. Er begriff, daß ihm kein Widerstand half, er war auch zu angegriffen.

»Wie zornig du bist, Pavo,« sagte er nur. Mechanisch zieht er seinen letzten Gewinn ein, sammelt sein Geld und fängt an, seine Taschen zu füllen. Er stopft Gold und Papier zusammen in wilder Unordnung, nimmt dann den letzten Haufen Scheine in die Hand, steht auf und geht mit Pavo.

Der Croupier sieht den Davonziehenden mit wütenden Blicken nach; das Spiel gerät ins Stocken

Später erzählt man im Hotel, der Herr von Sinvara habe nicht nur seinen ganzen Verlust am Roulette vom vorhergehenden Abend wieder eingeholt, sondern außerdem noch eine kleine Summe gewonnen. Man nannte siebenhundert als Reingewinn. Ich freute mich im Stillen darüber, ich gönnte ihm den Sieg. Niemand spielte aus ehrlicherem Herzen als er, und nun würde er dem Roulette sicher für ewige Zeiten den Rücken wenden.

VII

Am nächsten Abend war ich reisefertig. Meine Sachen waren nach dem Dampfer hinuntergeschafft, meine Rechnung war bezahlt und alles geordnet. Ich stecke dem Hoteldiener einen Geldschein in die Hand und sage ihm Lebewohl. Er zuckt heftig mit den weißen Augen und fängt an zu weinen. Der arme Teufel küßt mir die Hand.

»Wollen Sie es wohl glauben,« sagt er gleich darauf und trocknet seine Augen, »der Herr von Sinvara reist mit demselben Dampfer wie Sie. Er hat Pavo versprochen, heimzukehren.« Und der allwissende Mensch verfolgt mich bis zum letzten Augenblick mit seinen Geschichten. Pavo hatte seinem Vater wieder eine Rede gehalten. Als es nicht half, daß er ihm mit Fürst Yariw drohte, hatte er ihm eine kleine, völlig unbrauchbare Pistole gezeigt, mit der er sich leider erschießen müsse, um seine Ehre zu retten. Da hatte der Vater nachgegeben. Er wollte wirklich Fürst Yariws Freundschaft nicht verlieren. Außerdem hatte er Gott hoch und teuer gelobt, mit dem Spielen innezuhalten, sobald er sein Geld zurückgewonnen habe. Kurz: der Herr von Sinvara wollte nach Hause reisen.

»Adieu!« sagte der Diener. »Sie treffen ihn unten am Dampfer.«

Die Uhr schlug fünf.

Im selben Augenblick, als der Spielsaal geöffnet wurde, begab ich mich an den Landungsplatz. Der Dampfer nahm eine Partie Bastmatten ein. Einige Minuten später kamen auch wirklich der Herr von Sinvara und sein Diener, sie waren beide reisemäßig gekleidet. Es waren viele Menschen zugegen, Pavo sah ich aber nicht. Ich fragte einen alten Mann nach ihm, ich sagte:

»Weshalb begleitet er seinen Vater nicht an das Schiff?«

»Pavo ist stolz!« antwortete ein junges Mädchen, das gerade herzukam. »Einen Vater, der seine Ringe verspielt, kennt er nicht. Das sieht Pavo ähnlich.«

Da stand auch das kleine Mädchen des Herrn von Sinvara. Sie stand abseits und sah zu, aus der Entfernung, mit gesenktem Haupt. Der, nach dem sie ausschaute, schenkte ihr keinen Blick.

Ich ging ein paar Mal auf dem Kai auf und nieder, bezahlte meinen Wagen und gab acht, daß alle meine Sachen an Bord gebracht waren. Der alte Diener des Herrn von Sinvara war schon da, ihn selber sah ich hingegen nicht. Ich sah mich nach seinem kleinen Mädchen um, auch sie war verschwunden.

Die letzte Matte wurde in den Lastraum versenkt, und der letzte Passagier kam an Bord. Plötzlich entsteht ein allgemeines Fragen nach dem Herrn von Sinvara, der mitfahren wollte. Wo war er geblieben? Sein alter Diener springt auf. Wo in aller Welt war sein Herr? Der Dampfer blieb liegen, man konnte doch nicht ohne den großen Herrn abfahren! Wir durchsuchen alle das Schiff, den Kai, alle Ecken und Winkel, wir fragen alle Menschen nach ihm, und niemand vermag uns Bescheid zu geben. War er ins Wasser gefallen? Hatte er sich hineingestürzt und war in aller Stille ertrunken? Plötzlich überkommt mich eine Ahnung, ein ganz sonderbarer Gedanke, ich bitte den Schiffer noch fünf Minuten zu warten, dann würde ich vielleicht Auskunft über den Vermißten geben können.

Ich springe an Land, ich eile nach dem Hotel, stürme die Treppe hinauf, in das blaue Stockwerk. Mit verhaltenem Atem öffne ich die Thür und sehe hinein.

Zuerst sehe ich das kleine Mädchen des Herrn von Sinvara. Sie hat ihre errötende Miene wiedergewonnen und sieht glücklich aus. Und vor ihr auf dem Stuhl sitzt der Herr von Sinvara wieder am Roulette.